MICHAEL BRATUSA
Hahn oder Henne?

Über das Buch

Kein Spiel, Schoasch, nein, nicht spielen. Ich sehe bloß ein, dass es richtig ist, dir nur beizustehen. Du wirst uns aus diesem Höhlengefängnis bringen. Als Lisa diese Zeilen zu Papier bringt, blickt sie bereits auf die unerbittlichsten Jahre ihres Lebens als Schriftstellerin zurück; auf die Entstehung ihres Debütromans. Es ist eine surreale Dystopie, in die sie sich unbemerkt verstrickte. Die Ausrottung der Unterschicht; kolossale Hühner, die den Vor-Herren, den Untertanen des Königspaars, im Krieg gegen die Mittelschicht dienen; sowie ein Künstler und ein scheinbar dummer Hüne, die als Gefangene im Untergrund des Welt-Zentraltheaters aus den Leichen Porzellanpuppen kreieren. Man ist förmlich verzückt über das Auftreten des altweisen Lektors, der mit Lisa in atmosphärischen Gesprächen das edle Handwerk des Schreibens ergründet. Und Alice? Ja, wer ist sie eigentlich?

Michael Bratusa

HAHN ODER HENNE?

Roman

© 2018 Michael Bratusa
Alle Rechte vorbehalten
Zweite, überarbeitete Auflage, Wien 2018
Lektorat und Korrektorat: Nina Hula
Cover: Michael Bratusa (mit freundlicher Unterstützung
von Andrea Plesnitzer und Matthias Bauer)
Satz und Layout: Michael Bratusa
Verlag: tredition GmbH, Hamburg
ISBN
Hardcover 978-3-7469-5600-8
e-Book 978-3-7469-5601-5

Printed in Germany

GEWIDMET

Nina Hula

für deine kostbare Freundschaft sowie dein
unermüdliches Engagement und deine Courage
Belangvolles geradeheraus anzusprechen.

DANKE

meiner Oma,
für deine Hilfe in schweren Zeiten meines Lebens,

meiner Familie,
für die Möglichkeit, mich zu entfalten,

meinen Freundinnen und Freunden,
für euren Glauben an mich und meine Schriftstellerei,

und allen Menschen, die mich auf meinem Weg
unterstützt und begleitet haben.

Mögen alle Vögel fliegen.

WER WILL WAHRHEIT

Es ist kalt und stürmisch, in den Straßen riecht es nach Tod. Kadaver verwesen zwischen Ruinen und sondern ätzende Dunstwolken ab. Ein wildes Rudel Überlebender der Unterschicht schart sich um das Aas und streitet um verdauliche Fetzen. Ich schieße ein Foto. Faszinierend: die notinduzierte Rückkehr des Menschen zu seinen Trieben. Erneut sind wir *Tiere* geworden.

Unterkühlt betrete ich das Restaurant und werde sogleich höflich empfangen. »Guten Abend, der Herr, Ihr Ankommen wird ungeduldig erwartet. Ich darf vorangehen?« Dem Oberkellner genügt mein Nicken. Auf Irrwegen führt er mich durch ein undurchsichtiges Netzwerk von Gängen. Hinter Vorhängen wird geschlungen.

Beim Separee finden wir an der gläsernen Tür einen losen Haftzettel vor.

ZUTRITT VERBOTEN!

Ich beruhige den Oberkellner. »Ein Scherz unter alten Bekannten, seien Sie unbesorgt deswegen. Herta ist gewiss wieder in rätselhafter Gemütsverfassung; ich kenne sie nicht anders. Lassen Sie den Zettel ihr zuliebe kleben.« Oder *Ihnen* zuliebe, denke ich und rate ihm, auch die Belegschaft darüber zu informieren. Er nickt, öffnet für mich das Separee und empfiehlt sich. Ich hole mehrmals tief Luft, trete ein und begrüße *Herta Bruhns* und *Sepp Goldfisch*. Ein störrisches Pärchen, das ich, mehr oder weniger bewusst, eine Weile mied. »Herta Bruhns und Sepp Goldfisch! Nett, euch wiederzusehen. Unter uns: Wie lange ist es her?«

»Lange«, sagt Herta, ohne sich zu regen.

»Deine Lippen versprühen schon wieder diese Kälte, erfüll sie mit Herzlichkeit! Wir sehen uns so lange nicht und du ziehst dasselbe Gesicht wie immer. Harte Zeiten haben für jeden auch etwas Gutes.«

»Dann leben wir in einer Parallelwelt. Mich befällt Panik, wenn ich an diesen Tieren vorbei muss.«

»Es werden außerdem permanent die Quoten auf ihr Untergangsdatum korrigiert!«, gerät Sepp in Rage. »Ich besitze Wettscheine auf den *18. Mai* mit der Quote *1:425* und dazu welche für denselben Tag mit *1:1,12*. Verstehst du? Derselbe Einsatz. Dasselbe gilt für unzählige Tage. Passiert es nicht bald, ist die Freude dahin.«

»Ihr bringt ja beste Laune mit. Verzeiht mir, dass ich es aufschob, euch zu treffen, es hätte –«

»Bestellen wir lieber.«

Schleunigst hänge ich meinen Mantel auf und nehme Platz. Den Fotoapparat lege ich auf den freien Sessel neben mir. Ein Kellner hastet an unserem Separee vorbei. Er deutet mir: einen kleinen Moment. »Der Kellner ist gleich da, Herta. Bestell dir eine Suppe vor dem Hauptgang. Besser zwei, das Restaurant ist voll.«

»Da, Sie! Hierher, beeilen Sie sich!«

Der Kellner eilt mit Riesenschritten und klopft an.

Sepp lacht. »Keine Angst wegen des Zettels, nur hereinspaziert!«

»Wir nehmen das *Huhn!*«, befiehlt Herta und Sepp beendet die Bestellung mit einer Handgelenksbewegung. Ich nicke und deute dem Kellner, eine Flasche Wein mitzubringen. Er versteht und verschwindet.

»Sie servieren große Hühner, spar dir die Frage, warum wir nur eines bestellen.«

»Sie sind wirklich groß«, bestätigt Sepp. »Zu dritt schaffen wir nicht einmal ein Bein. Trotzdem muss das Huhn als Ganzes garen. Sonst entfaltet sich nie der volle Geschmack.«

»Der Rest geht immer zurück. Niemand schafft es bis zur Brust.«

Ich kenne das Huhn. Es ist riesig.

»Die Wahrheit ist, es braucht einen größeren Absatz«, sagt Herta und lässt offen, was sie damit meint. »Und mir stinkt, dass die Luft so stickig ist. Draußen ist es eiskalt und hier kann man kaum atmen.«

Sie hat recht. Die Luft steht in den Separees, seit die Belüftungsanlage zubetoniert wurde. Es war eine Hau-Ruck-Aktion, ohne an morgen zu denken.

»Es wäre klüger gewesen, sie hätten die Luftschächte so gelassen und stattdessen Wachen postiert. Dieser Riesenaufwand steht in keinem Verhältnis zum Ergebnis.« Sepp will auf seine Meinung anstoßen und merkt, dass sie keine Getränke geordert haben. »Herta, du hast nur das Huhn bestellt.«

»Red nicht, in deinem Kopf wimmelt es von Wetten! Er hat eine Flasche Wein bestellt. Du wirst auch nach ihrem

Untergang nichts erreichen.«

»Königlich werden wir leben«, beteuert Sepp kleinlaut, ohne Herta anzusehen. »Es muss bloß am richtigen Tag geschehen.«

Die Stimmung ist vergnügt. Das Gespräch dreht sich um unsere gemeinsame Vergangenheit. Herta beschwor soeben das Bild herauf, wie sie im letzten Schuljahr fast gestorben wäre, weil der Schnitt in ihrem Finger so tief war.

»Gott behüte!«, ruft Sepp und gestikuliert dazu übertrieben. »Noch ein wenig tiefer und der Finger wäre nicht mehr zu retten gewesen. Und die Keime auf dem Messer hätten eine scheußliche Infektion auslösen können. Stell dir das vor!«

»Bestimmt wärst du tot umgefallen«, sage ich. »Elendig krepiert.«

»Spar dir den Sarkasmus. Mit solchen Schnitten spaßt man nicht.«

Es klopft.

»Hören Sie auf zu klopfen!«, ätzt Sepp und winkt den Kellner herein. »Bringen Sie den Wein und werfen den Zettel weg!«, ruft Herta. »Den kapiert ohnehin keiner.«

Die Tür schwingt auf und der Kellner tritt ein. Seine winzige Dienstbekleidung wirkt ausgestopft. Zurückhaltend serviert er den Wein und verlässt uns. »Fast hätte ich es vergessen«, sagt er, bevor sich hinter ihm die Tür schließt. »Das Huhn kann leider erst in einer Stunde kredenzt werden. Es gab Komplikationen bei der Zubereitung.«

Reflexartig schlägt Herta auf den Tisch. »Dann bringen Sie mir umgehend zwei Teller Tagessuppe! Ich warte nicht eine Stunde mit leerem Magen, mir scheint!«

»Gart das Huhn bereits?«, frage ich den Kellner, weil mich ein ungutes Gefühl beschleicht. »Wissen Sie, was? Ich mache mir selbst ein Bild. Kurz Frischluft schnappen wird mir auf keinen Fall schaden. Sie sollten wegen der Temperaturprobleme Ihren Vorgesetzten in Kenntnis setzen. Spätestens im Sommer besuchen keine Gäste mehr das Restaurant.«

Der Kellner gafft mich misstrauisch an, wirft einen Blick in den Gang und verschwindet.

»Du lässt uns einfach sitzen?«, ärgert sich Herta, während Sepp anscheinend mitgehen möchte. Schweißperlen glänzen auf seiner Stirn.

»Eine viertel Stunde hältst du aus, du bist ein großes Mädchen. Sepp? Tanken wir frische Luft und schauen, ob wir in der Küche einen Beitrag leisten können.«

Sepp kämpft mit sich und seinem Gewissen. »Nein, Herta! *Schoasch* und ich sehen nach dem Huhn. Spar dir die Szene.«

»Machen wir uns auf den Weg. Hier stinkt mehr als die Temperatur. Riechst du es nicht?«

»Wir haben die Orientierung verloren«, begreift Sepp und sieht drein, als wolle er sich an mir festhalten. »In diesem Gang waren wir noch nicht.«

»Vergiss die Gänge, wann hast du den letzten Kellner gesehen? Mir kommt vor, als war es vor Stunden.«

»Nein, meine Knie würden rebellieren.« Er demonstriert die Geschmeidigkeit seiner Gelenke, indem er in die Hocke geht und seine Knie kreisen lässt. »Kein Krachen, hörst du?

Mir ist schleierhaft, wonach du suchst.«

»Du einfältiger Vogel: nach nichts! Du wirst dir bloß deine Wettscheine bald sonst wo hinschieben können.«

Sepp reagiert intuitiv auf *Wettscheine*. Eindrucksvoll unterliegt er seiner Gier. »Was? Wie stehen die Quoten?!« Hektisch holt er aus seiner Hosentasche ein Bündel zerknitterter Zettel. Sofort ziehen diese ihn in ihren Bann. Ich schiele auf den obersten Wettschein und lese:

18. MAI
1 : 425

»Darauf also baut dein Leben? Ein Mahnmal stellst du dar.« Sepp wird längere Zeit nicht ansprechbar sein; zu gehen außerstande. »Ich sehe mich um und kehre danach zurück. Gewiss entpuppen sich meine Vorahnungen als Hirngespinste und wir können sorglos das Huhn genießen. Auf jeden Fall vermute ich die Küche da ums Eck.«

Um die Ecke befinde ich mich in einer vom anderen Ende beleuchteten Röhre. Separees sowie Gäste entdecke ich nirgendwo. Trockenheiße Luft bläst mir entgegen, in der meine feine Nase Nuancen von Huhn wahrnimmt. Ein außergewöhnlicher Duft! Vereint völlig unbekannte Noten. Gleich erlebe ich, wie es im Höhlenofen schmort. »Sie, Halt!«, kappt eine schrille Stimme meine Gedanken. »Hier entlang geht es in den Tod!« Eine kalte, knöcherne Hand zerrt mich in einen nebenliegenden Raum, in dem sich das Gros der Belegschaft aufhält. Einige wetzen ihre Werkzeuge. »Sagen Sie, verursacht das Huhn diese arge Hitze? Ihnen werden die Gäste ausbleiben, wenn Sie das Problem nicht in den Griff bekommen. Es wäre peinlich, müsste das Restaurant seine Pforten schließen, weil es den Zuständigen nicht gelingt, ein angenehmes Klima herzustellen. Sind die Herrschaften gesprächsbereit?«

Insektenartig rückt die Belegschaft enger zusammen, als wäre ich ein übermächtiger Gegner, dem nur im Kollektiv beizukommen ist. Ein vielstimmiges Gemurmel setzt ein. Ich blicke mich um und suche den Oberkellner. »Gestatten Sie mir, einen Blick auf das Huhn zu werfen? Ein Traum ginge damit in Erfüllung.«

Der Oberkellner betritt den Raum und sieht das Chaos. »Was – ist – hier – los?!« Mit energischer Stimme hält er das Pack im Zaum. Ob er verantwortlich ist für die prekäre Situation der Frischluftzufuhr im Restaurant? »Dieser Herr will das Huhn sehen«, klärt eine Bedienstete die Lage auf und lenkt seine Aufmerksamkeit auf mich. »Der Herr! Ihnen ist der Zutritt zum Küchenbereich untersagt.«

»Verzeihen Sie, es muss ein Missverständnis vorliegen. Ein Kellner informierte uns über etwaige Komplikationen. Ich vergewissere mich, dass unserem Hauptgang nichts im Wege steht.«

Wie Gas verbreitet sich Skepsis. »*Raus mit ihm!*«, plärren einige; manche: »*Lynchen!*« Kaum jemand wirkt überzeugt. Auch den Oberkellner plagen Zweifel, ob er mir den Zugang zum Huhn gewähren soll oder nicht. »*Soll a halt! ´s eh scheißegal!*«, meint ein Letzter.

»Ich knabbere es nicht an, solange das Huhn nicht durch

ist«, verspreche ich dem Oberkellner, in der Hoffnung, auch allen anderen die Entscheidung zu erleichtern.

Meinem Charme sei Dank, erlebe ich es endlich! Zwar überrascht mich die Rotfärbung des Fleisches, ändert jedoch nichts daran, dass ich nun größtmögliche Zufriedenheit empfinde. Die ganze Belegschaft ist berührt von meiner Bewegtheit. Einzig schade, dass der Fotoapparat im Separee liegt. Es ergäbe eine einmalige Fotoserie.

»Sepp, alter Freund, was ich soeben erleben durfte! Vergiss meine Befürchtungen, auch die Mordshitze. Gehen wir zu Herta und warten auf das Huhn. Es wird vorzüglich schmecken.« Vorsichtig berühre ich mit einer Fingerkuppe das Bündel in seinen Händen und prompt erwacht er zum Leben.

»Hände weg von meinen Wettscheinen!«

»Beruhig dich, um deine Wettscheine steht es prächtig. Einer davon wird dein Glücksschein sein.«

Sepps Augen glitzern wie sonst nur Kinderaugen zu Weihnachten. Erleichtert steckt er das Bündel ein.

»Auf zu Herta!«

»Macht, dass ihr reinkommt!«, schallt es uns aus dem Separee entgegen. »Was soll euer Grinsen? Seid ihr lustig? Was ist mit dem verflixten Huhn? Servieren sie es endlich, oder lasst ihr mich sterben vor Hunger? Habt ihr Hunde es ohne mich gegessen?«

Sepp setzt sich rasch neben sie. »Herta, atme durch und hör zu, was die Belegschaft Schoasch erzählt hat!« Er nimmt einen kräftigen Schluck Wein und schließt enthusiastisch: »Das Huhn wird importiert!«

»Ja«, bestätige ich, »Sepp spricht die Wahrheit. Wir importieren das Huhn aus dem *Weltall*.«

Es fasziniert ihn, dass unsereins in der Lage ist, das Huhn von so weit her zur Erde zu transportieren, ohne dabei je die Kühlkette zu unterbrechen. »Dass wir das schaffen«, nuschelt er, während sein Kopf auf und ab pendelt.

»Also *haben* wir einen großen Absatz«, stellt Herta kryptisch fest. »Ich wusste nicht, dass es allerorts konsumiert wird. Ich war überzeugt, das Huhn sei ein regionales Produkt. Wie man sich täuschen kann.«

»Sie sind raffiniert«, sage ich und fixiere Sepps Pendelkopf. »Wenn die nicht wollen, dass jemand davon erfährt, erfährt es niemand. Und wenn die nicht wollen, dass wir es kriegen, kriegen wir es nicht. Sie steuern das Huhn auf ganzer Strecke. Mir ist schon vor einiger Zeit klar geworden, wie wenig Einfluss ich überhaupt habe.«

»Darauf hätte man setzen müssen«, wiederholt Sepp einige Male. »Keinen Kummer bräuchten wir mehr an uns heranlassen. Vertrauen wir auf Schoaschs Intuition, dass ein Schein des Bündels unser Glücksschein ist. Dann liefe alles so, wie ich –«

»Ja, du Glücksritter«, unterbricht ihn Herta; »wie du es vorhergesehen hast.«

Die Situation spitzt sich zu. Etliche Gäste haben sich vor dem Separee versammelt, um Zeuge des Huhns zu werden. Der Andrang verwundert mich nicht. Der Preis des Huhns ist horrend. Bedenkt man die Marge und die Löhne der Kellner.

»Allerhöchste Zeit, dass es losgeht«, sagt Herta und trommelt auf dem Tisch. »In zehn Minuten wäre ich verhungert.«

Ein Kellner öffnet das Separee und bittet uns, mit einem Kollegen die Tür aushängen zu dürfen. Das Huhn passe dann exakt durch den Türstock.

»Hängen Sie sie aus, wenn Sie müssen«, gestattet es ihnen Sepp liebenswert. Er scheint bemüht, dass sich die Faszination der Meute nicht in Neid verkehrt, wenn uns das Huhn serviert wird.

»Schauen dürfen Sie ja«, meint Herta, während die Kellner an der Tür hantieren.

Mich drängt es, ein Foto von ihnen zu schießen.

»Voor-sichtig, bitte, Voor-sicht!«, vernehme ich aus der Ferne die energische Stimme des Oberkellners. »Weichen Sie bitte alle an die Wand! Das Huhn rollt an! Berühren Sie es nicht und schießen keine Fotos. Es ist das Mahl dreier ehrenwerter Gäste. Sie, Kellner, machen Sie den Tisch frei! Das Huhn hat ein Mordsgewicht.«

Die Kellner eilen zu uns, um den Tisch auf das Huhn vorzubereiten. Die Gläser stellen sie sicherheitshalber auf ein Regalbrett an der Wand. Die Teller und Bestecke schieben sie näher zu den Tischkanten. Das Tischtuch streifen sie glatt.

Immer lauter dringt das Scheppern des Rollwagens ins Separee. Auch das teils vulgäre Gepolter draußen nimmt zu: *»Seht euch das Huhn an!« »Andere verhungern!« »Wo is di Bussi-Gsöschoft, i hau's deppat!«* Und dazu Hertas Getrommel.

Sepp beruhigt sie: »Gleich ist das Huhn da.«

»Der Hunger ist mir vergangen. Seid froh, dass ich noch nicht tot bin.«

»Red keinen Unfug. In Kürze bist du satt und jammerst wieder, dass du so viel gegessen hast.«

Da kommt es! Braun gebrannt wird das Huhn vom Oberkellner auf dem Rollwagen chauffiert. Unmöglich passt es durch den Türstock.

Am Gang bricht ein Tumult aus. Davon unberührt breitet Sepp Herta eine Serviette über die Bluse. »Wir sind *keine Tiere*«, erinnert er sie an ein offenbar gemeinsames, geheimes Abkommen, und breitet solidarisch auch über seine Brust eine Serviette. »Seht es euch an: Das Huhn ist noch größer als das letzte!«

»Wissen Sie, was?!«, platzt es aus Herta heraus, als habe sie genug von dem Auflauf vor dem Separee, dem Hungern und der Hitze, die das Huhn zusätzlich verströmt. »Reißen Sie die Beine ab und schicken den Rest zurück in die Küche. Unsinnig, es als Ganzes durch die Tür zu stopfen. Tun Sie das gefälligst!«

Totenstille.

Der Oberkellner lugt ungehalten hinter dem Huhn hervor. Ich deute ihm, wegen der Bezahlung keine Bedenken haben zu müssen.

»ALLES IST GUT.«

Zähneknirschend befiehlt er den Kellnern zu handeln. Geknickt betreten diese das Separee, nehmen die Teller vom Tisch und trotten zum Rollwagen. Der Oberkellner zur einen, ein Kellner zur anderen Seite, säbeln sie dem Huhn die Haxen vom Leib und legen sie dem servierenden Kellner auf die Teller.

»Mama!«, ruft am Gang ein Mädchen. »Die Haxen sind winzig im Vergleich zum Rest!«

»Sei still!«, weist dessen Mutter es zu Recht zurecht.

Je eher das Gör dieses Huhn, so wie es ist, als normal betrachtet, desto sorgloser wird sich später sein Leben gestalten.

Weiter so, gnädige Frau.

1

LEKTORATSERÖFFNUNG

»Warte noch«, sage ich leise zu mir und lausche an der Tür. Der Lektor unterhält sich mit jemandem. Sie sprechen über mich.

»*Lisa* betritt jeden Augenblick das Lektorat«, erkenne ich *Alice´* Stimme. Wie schön, dass sie da ist. Ich mag ihre geheimnisvollen Blicke.

»Ich erwarte sie«, antwortet der Lektor und in meinem Innersten wächst die Nervosität. »Es wird sie große Überwindung kosten, meine konstruktive Kritik anzunehmen.«

»Sie hat es geschafft. Wirkungsvoll, dass sie nach dem Tod der Protagonisten keine Perspektivenwechsel vollzieht. Es legt über das Werk eine sagenhafte Aura.«

Alice, du hast die Geschichte gelesen? Ich freue mich über deine Worte.

»Ihren Leserinnen und Lesern anstelle eines Tohuwabohus Blumen zu überreichen ist eine tröstende Geste. Großzügig von ihr; viele Menschen verdienen keine Blumen.«

Überlegst du, was du antworten sollst? Ganz einfach!

»Blumen spiegeln das Leben wider. Sie dienen dieser finsteren Geschichte als Gegenpol. Lisas Sinne gelten dem Handwerk. Es ist geschickt.«

»Das zeichnet sie aus.«

»Sie klopft, Meister. Setzen Sie sich und machen es sich bequem.«

»Wie steht es eigentlich um dich und deine Geschichte? Nimmt sie Gestalt an?«

»Federleicht im Augenblick.«

»Dann munter weiter im Text. Die Lektorin meiner Wahl wird mich würdig vertreten, wenn ich nicht mehr bin.«

»Sie üben auf fiese Weise Druck aus, Meister.«

»Weil es mir schlaflose Nächte bereitet, ob der Vogel nun fliegt. Schreib schneller, damit ich endlich sterben kann.«

»Ich werde mich heute Nacht wieder an den Schreibtisch setzen; mein Wort darauf.«

»Mein Herz hört dir zu und beruhigt sich. Wegen eines Vogels meine Nerven auf die Folter zu spannen! Wie gelingt das der Literatur? Empfangen wir jetzt Lisa.«

»Schön, Sie bei so guter Laune zu sehen. Es ist länger her, dass …«

»Du kennst ihr Manuskript.«

»Ja – in dieser Frau steckt Kraft.«

2

DEN KOPF VOLL

Ich starre auf die Prunktür, die ins Essgemach der Königsfamilie führt. Sie verabscheuen Störungen beim Essen, reagieren gereizt und es kam öfter vor, dass sie mit Besteck und Tellern nach mir warfen. Allen voran ist die Tochter das Problem. Ihre Entbindung war die wahre Tragödie unserer Zeit. Krampfhaft nehme ich Haltung an und klopfe.

»Kommen Sie gefälligst morgen!«, schallt die erwartete Antwort.

»Eure Hoheit! Die außerordentlichen Umstände dulden bedauerlicherweise keinen Aufschub, Sie müssen mich vorlassen!«

Es kommt keine Rückmeldung und doch spüre ich den Unmut der Königsfamilie durch den Türspalt kriechen. Ich warte und fühle einen stechenden Schmerz in meinen Fingerknöcheln. Ich erkenne die Schrammen und – Blut. Das *Biest* kann kein Blut sehen! Hektisch spucke ich in die Hände, als die Tür aufgerissen wird und ich in die zornigen Augen der Königstochter blicke.

»Was willst du, Bastard?«, begrüßt mich das Biest und mir bleibt die Schmach, es anzulächeln.

»Sprich nicht so grausig mit dem *Boten*«, tadelt der König sein *Töchterchen* und erlebt, wie es sich zu ihm umdreht und meint, er sei ebenso ein Bastard. »Von mir hat sie das nicht«, rechtfertigt er sich vor der Königin und erachtet es als unnötig, hinunterzuschlucken, bevor er spricht.

»Eure Hoheit«, setze ich mich über das Biest hinweg und konzentriere mich auf das Königspaar. »Es ist dringend.«

»Dringend, dringend, ich hasse dieses Wort!«, flucht die Königin und schleudert ihren angebissenen Hühnerhaxen in meine Richtung. »Ständig ist alles dringend, was Sie vorzutragen haben. Das Allermeiste, das Sie von sich geben, ist Unsinn. Schatz«, sagt sie und meint das Biest, das sich auf meine Kosten amüsiert, »schließ die Tür, der Bote verlässt uns.«

»Eure Ho –«

»Schatz – Tür zu!«

Und sie *ist* zu. Perplex starre ich darauf. Klopfe ich erneut, riskiere ich mein Leben. Tu ich es nicht und die Gefangenen brüten mit der Frau etwas aus, geht es mir genauso an den Kragen.

Ich mache kehrt.

Vor den Palastmauern empfängt mich die schwarze, kahle Wüstenlandschaft. Gehetzt besteige ich mein *Rennhuhn Karmonon*. »Ab zum Theater, ich muss zum Oberkommandoführer!«

Sofort fegt mir Staub ins Gesicht, den Karmonon mit seinen Halsfedern abschwächt. »Du bist mein Held.« Es ist das schnellste Huhn, das existiert, und mein Mobilitätsgarant in dieser Ödnis. Karmonon soll ewig leben.

Das Abschiednehmen von ihm wird grausam.

In den Monaten nach der Machtübernahme scheute sich das Königspaar, oder hielt sich vorsätzlich bedeckt, Informationen zur *Umfangreichen Hühnerzucht* herauszurücken. Bis dahin kannte die *Vor-Herrschaft* das Huhn ausschließlich als Delikatesse. Dass wir bald die ersten, erfolgversprechenden Zuchterfolge reiten konnten, als *Spür-, Bück-* und *Schlagbohrhühner* gebrauchten, oder uns die Freizeit mit *Hühnerpolo* vertrieben, hätte niemand zu träumen gewagt.

Dieser Entwicklungsverlauf steigerte unbeachtet unseren Größenwahn.

Karmonon gehört zur Gattung der *Raritätenhühner,* die noch leibhaftigen Kontakt zum *Mutterhuhn* hatten. Seine Gefühle könnten ihn überwältigen. Wird er mir überhaupt eine Träne nachweinen, wenn er seine Mutter sieht? Fraglich ist zudem, wie sich das Mutterhuhn verhalten wird, wenn es die *Zuchtstation* entdeckt.

Es ist fast tiefenentspannend, auf Karmonon zu reiten und den Wind zu fühlen. Das Biest bringt mich um den Verstand. Seit es lebt. Nie habe ich mich hinreißen lassen. Aber heute, wo es keine Mittelschicht mehr gibt, die wir vernichten können, fehlt mir die Gelassenheit, seine Art zu ertragen. In den zurückliegenden Monaten habe ich kaum noch fremdes Leben quälen und beenden dürfen und darum auch Teile meiner leidenden Seele nicht mehr abgetötet. Der Oberkommandoführer wird bestimmt sagen, ich hätte das Königspaar nicht belästigen sollen. Ich ärgere mich über meinen vorschnellen Entschluss. Die Gefangenen brüten inzwischen sicher über den irrwitzigsten Ausbruchsplänen. Könnte ihnen die Flucht gelingen? Wenn ich die Frau töte, ist dann alles wieder beim Alten?

»Alles ist scheiße.«

Karmonon reagiert nicht auf mein Leid. Er gibt mir da-

mit Zeit, nachzudenken und auf so manches allein drauf-
zukommen.

»Ich muss dir etwas beichten.« Ein wenig verkrampft sich
seine Rückenmuskulatur. »Heute zelebriert die Königsfamilie
das Ende der Welt. Wir werden uns nie wiedersehen. Mich trifft
das ebenso, aber dich ins Raumschiff zu schmuggeln, ist aus-
geschlossen. Das Mitnehmen von Hühnern ist strengstens
untersagt.«

Karmonon hält an, wirft mich ab und verschwindet, ohne
sich einmal umzudrehen.

»Ka – Karmonon??? Komm zurück! Du kannst mich
nicht dalassen! Sieh dich um – hier ist nichts!«

Er läuft geradewegs in Richtung Zuchtstation. Karmonon
kennt dort kein Huhn. Sie werden sofort bemerken, dass er
versnobt ist und entsprechend reagieren. Und kein *Vor-Herr*
wird anwesend sein, um die Lage zu kontrollieren. Alle bereiten das Abschlussfest vor. »Pass auf dich auf, wenn du
hoffst, da Anschluss zu finden. Sie könnten dich töten.« Ich
blicke mich um und sehe überall dieselbe öde Landschaft.
Am Horizont erscheint das Morgenlicht der Sonne. Ob sie
morgen wieder aufgeht? Wozu?

Wann habe ich zuletzt eine so weite Strecke zu Fuß absol-
viert? Mir fällt das Atmen schwer. Mein Körper hat sich an
das Chauffiert werden gewöhnt und ist überfordert. Wie hat
man das früher gemacht? Ich lasse mich in den Wüsten-
sand fallen und erblicke Karmonon direkt vor mir. Er ist
zurückgekehrt! Den Kopf geneigt, sieht er mich vertrauens-
voll an, bevor sein Kopf kleiner wird, noch kleiner und –

Komme mir? I komme mir. Komme mir zu ich? Kopf dröhnt – völl benomm – kann nich – nmöglich – Durcheinander laut – aufhören – bitt aufhören – bin ich? – Wo? – Ich spüre, dass ich erwache; erinnere mich an nichts. Wo bin ich? Ich kann meine Augen nicht öffnen. Ein Adrenalinstoß weckt mich endgültig auf, als ich ertaste, dass meine Lider zugeklebt sind!

Ruhigbleiben.

Woran erinnerst du dich?

Streng dich an.

Das letzte Bild?

Das letzte Bild?!

Kann es schaden, um Hilfe zu rufen?

In meinem Innersten brodelt die Angst vor der Geburt des Kindes. Aus dem Entbindungsgemach dringt das Geschrei der Königin. Spezialisierte Vor-Herren dienen als Hebammen. Die vereinten Gene des Königspaars werden ein Biest erwecken. Ob männlich oder weiblich; sie können nur mutieren. Angespannt laufe ich den Korridor auf und ab und fühle mich zusätzlich erdrückt von der Aura der Skelette an den Wänden und Decken. Fortan also beherbergen die Gemächer dazu ein Biest. Wie viel lieber würde ich die Welt sofort verlassen!

Plötzlich wird es still. Das Biest ist geboren und als würde es auf meine Gedanken antworten, beginnt es zu plärren.

Ich nehme Haltung an, weil mich jeden Moment ein Vor-Herr vom geglückten Geburtsvorgang unterrichten wird. Ich sollte ihn mit Kugeln durchsieben.

Die Tür geht auf und ein blutüberströmter Vor-Herr verlässt das Entbindungsgemach. »Unser letztes Stündlein hat geschlagen!«, sagt er, nachdem er seinen Blick von den Skelettverzierungen nimmt. »Schon sehr bald, werter Bote, hängen wir alle da. Das Mädchen wird zu einem *Drachen* werden. Die Königin wird davonkommen, allerdings in den nächsten Wochen Ruhe brauchen. Der König liegt in einer Ecke und schläft. Lassen Sie ihn da, er wird wieder aufwachen. Ohne Übertreibung: Hätte er gewusst, was er erschaffen wird, hätte er ihn sich abgehackt. Fürs Erste wird der Drache nur Feuer speien und Insekten erlegen. Aber wehe, wenn er gelernt hat, Knöpfe zu bedienen – Stellen Sie sicher, dass sich die Königin erholt. Zur Not kümmern Sie sich um den Drachen. Ich werde ein Bad nehmen und versuchen, damit die Bilder aus meinem Kopf zu waschen. Dennoch fürchte ich, sie werden bleiben.« Der Vor-Herr empfiehlt sich und lässt die Tür ins Entbindungsgemach einen Spalt offen.

Nervös trete ich auf die Tür zu, öffne sie weiter und erblicke mein Schicksal. In einer Ecke schläft der König in einer Lache. Sein tiefes Schnarchen verrät jedoch, dass alles halb so schlimm ist. Um den Entbindungstisch steht die Vor-Herrschaft und reicht, ein Vor-Herr dem nächsten, das brüllende Biest weiter. Niemand sagt ein Wort. Jeder will die Verantwortung von sich weisen. Plötzlich kreuzen sich unsere Blicke. Die Vor-Herren sind überrascht, wie abrupt es das Gebrüll einstellt. Es verengt seine Augen zu Schlitzen. Es wittert in mir sein wahres Opfer. Ich sehe keine gespaltene Zunge.

Das Biest lächelt mich an. Seine Verachtung mir gegenüber ist genetisch festgelegt. Ich könnte es vierundzwanzig Stunden am Tag streicheln – bekommt es ein Messer in die Finger, sticht es zu. Bleibt mir, zu lernen, noch tiefer zu kriechen.

Ich lasse das Entbindungsgemach hinter mir und tue so, als gehe mich alles nichts an. Pfeifen will ich aus Protest! Stumm beschwöre ich alle höheren Wesen: Das Biest möge sterben. Hetzt ihm Wüstenschlangen an den Hals. Hochgiftige und solche, die vernünftig zudrücken. Erweckt alte, erfolggekrönte Kriegsheere zum Leben. Lasst das Biest beim Spielen in einen Bombenkrater stürzen. Mit bloßen Händen werde ich einen Berg darauf errichten. Tut Ihr nur, hohe Wesen, dass es in dieser Nacht stirbt.

Das Biest muss sterben. Sonst tun es alle anderen.

3

ZU GAST IM UNTERGRUND

Der letzte Vor-Herr hat die Loge verlassen und wir können endlich das Fest vorbereiten. Niemand würde es je aussprechen, aber jeder trägt die Spuren der Vergangenheit im Gesicht.

Den gesamten Erdball zerpflügten wir, um die Individuen der Mittelschicht ins *Welt-Zentraltheater* zu verfrachten und daraus skurrile Puppenschauen zu organisieren. Nebenbei lief die Hühnerzucht. Verwundete und altersschwache Vor-Herren erlagen dem Höllendruck sofort. Andere dienten, bis sie standesgemäß umfielen.

»Herr Oberkommandoführer!«

Das Königspaar hat nie verlautbart, wohin die Reise den Rest der Menschheit führen wird. Einzelne Vor-Herren befürchten den Heimatplaneten des Huhns als neues Siedlungsgebiet. Andere schwören, dort lebe bereits jemand und die diplomatischen Fertigkeiten des Königspaars seien unterentwickelt. Man würde uns kommentarlos erschießen.

»Herr Oberkommandoführer!!«

Ich blicke auf die Stelle, an der soeben noch die Leiche lag. Es war ein gewiefter Schachzug, *diese* Zwei gefangen zu nehmen. Der Alte formte sich den Hünen zu einem loyalen, rastlosen Arbeitstier. Herr *Flanell* könnte 1000 Kilo wiegen, er bliebe derselbe Dackel.

»Herr Oberkommandoführer, Sie laufen wie ein Junger!!!«

Ich drehe mich um und sehe Vor-Herrn *Karl*. Was will der Depp? Wieder Märchen vom *Schlachthof* verbreiten? »Was wollen Sie, Karl? Wir finden uns gleich alle im Festsaal zusammen.«

»Herr Oberkommandoführer, der Bote hat mich persönlich unterrichtet!«

»Schnaufen Sie durch und erzählen, was dem Boten auf der Seele liegt.«

Karl atmet hastig. »Er tobt! Der Bote tobt! Hat einen Vor-Herrn des Spürtrupps verprügelt, weil dieser verschwieg, dass er bei der Leiche auch einen Atem wahrnahm. Die Gefangenen haben nichts gespielt: Die Leiche lebt.«

»Lebt?! Weiß das Königspaar Bescheid?«

»Der Bote ist auf dem Weg zu ihnen.«

»Er darf sie nicht verständigen, bevor wir Genaueres wissen! Das Königspaar heuchelt nicht einmal Interesse an der Puppenschau; der Mittelschicht; an gar nichts auf unserer Erde. Sie warten nur gespannt auf die Ankunft des Mutterhuhns.«

»Woher wissen Sie das?«

»Egal, Karl. Wie steht es um den verdroschenen Vor-Herrn? Wer war der Arme?«

»Der *Narbenbär*.«

»Sein Steckenpferd! Er kennt keinen Schrecken und schmückt sich nach Ausheilung der Wunden mit den Konsequenzen seiner Lügen und Taten. Der Narbenbär riecht nichts, Karl, nichts. Legen Sie ihm einen Kadaver vor die Nase und staunen Sie.«

»Jedem ist das bewusst, Herr Oberkommandoführer, Sie

sind woanders mit Ihren Gedanken. Der Narbenbär hat den Atem gefühlt, nicht gerochen. Das Königspaar mag auf die Mittelschicht pfeifen. Die letzte Leiche als Puppe werden sie sich nicht nehmen lassen. Bekommen sie sie am Abend nicht zu Gesicht, ist nicht auszuschließen, dass wir alle sterben werden.«

»Denken Sie nicht nur an uns und den Boten. Der alte Gefangene würde nie im Leben seine Freiheit opfern zum Wohle einer herkömmlichen Frau. Ich bin überzeugt, wenn sie geatmet haben sollte, hat er die Sache sofort in die Hand genommen. Gehen Sie jetzt.«

Wie ein begossener Pudel trottet er davon.

Gedankenversunken marschiere ich weiter.

Die Schönheit der Leiche war schwerlich zu übersehen. Gelingt es dem alten Gefangenen, eine Porzellanpuppe nach ihrem Vorbild anzufertigen, könnte das Königspaar verzückt sein. Ich sollte mit den Gefangenen sprechen, bevor sie die Arbeiten halbherzig verrichten; vor allem mit dem Alten. Seine Handschrift im Porzellan sieht das Königspaar.

Bei unzähligen Puppen täuschten wir uns, was das Urteil des Königspaars betraf. Nach der Hundertsten glaubten viele, einen eindeutigen Geschmack erkannt zu haben. Ein Vor-Herr meinte, der König stünde auf volle Lippen. Er müsste sich davor hüten, dass die Königin Wind davon bekäme. Wir lachten und schwelgten in Zuversicht, dass die Zeiten für uns fortan rosiger verlaufen würden. Ein Streichelkonzert; ohne Angst vor Stockhieben. Die Erleichterung währte zwei Tage, bis der König einem Vor-Herrn eine Puppe, trotz voller Lippen, über den Schädel zog, weil –

niemand wusste, warum. So gaben wir für die Folgepuppe schmalere Lippen in Auftrag. Leider erzürnte sich Königin Herta über diese so sehr, dass es abermals Stockhiebe setzte.

Je intensiver der Alte grübelt, ob das Königspaar sein Werk schätzt, desto eher fällen sie ein ungünstiges Urteil.

Die Fackeln an den Lehmwänden werfen ausreichend Licht, um nicht im Dunkeln zu marschieren.

Durch den bühnenseitigen Höhleneingang blicke ich auf das Gefängnisgitter. Dahinter befindet sich der Zuschauerbereich, die Logen und, einem Auge gleich, die Königsloge. Wie auch immer die Königsfamilie über die letzte Puppe richten mag – anderes wird unsere Abreise erschweren. Ich verlasse die Bühne und betrete den Hauptweg des Untergrundsystems. Die Waffe im Anschlag, passiere ich die Hochsicherheitstür und dringe in einen Ort ein, den niemand freiwillig betreten würde. Von außen unsichtbar, zählt dieses Stollensystem zu den tragischsten Orten, die die Menschheit auf der Erde zurücklassen wird.

Aus der anfänglichen Wahnvorstellung des Königspaars, die Mittelschicht loszuwerden, erwuchs eine logistisch ausgeklügelte, eiskalte Tötungsmaschinerie. Zu Beginn überwog Chaos. Die ersten Bombenabwürfe forderten auf einen Schlag derart viele Leben, dass die Vor-Herrschaft selbst unter größten Mühen nicht nachkam mit dem Aufsammeln der Leichen. Wie durch ein Wunder verkündete die Zuchtstation wenige Wochen darauf Erfolge hinsichtlich reitbarer Hühner. Jeder Vor-Herr wollte sofort eines besitzen, und nach einigen Gläsern Wein diskutierten wir temperamentvoll über abstrakte *Nutzhuhn-Kreationen*. Wir legten ihnen Geschirre an und befestigten Ladewägen. So konnten wir mit diesen neuen *Baggerhühnern* nachfolgende Infernos effizient abarbeiten. Dass ich den Tötungsapparat bis ins letzte Detail koordinierte, tut nichts zur Sache.

Nervlich angespannt dringe ich tiefer vor und vernehme aus der Ferne ein Geräusch, das klingt, als weine jemand. Noch erkenne ich nichts und niemanden, erhöhe aber meine Wachsamkeit.

Täuscht mich meine Erinnerung nicht, befinde ich mich bereits im Herz der Manufaktur. Auf Instandhaltung der Maschinen und Werkzeuge hat man offenbar verzichtet. Rost hat sich wie ein Schimmelpilz ausgebreitet. Ich schwenke die Fackel, um nach Blut und Zeugnissen des Schreckens Ausschau zu halten, als mein Blick auf ein riesiges Menschenbein fällt, das hinter einer Maschine hervorschaut. »Herr Flanell, sind Sie das? Heulen Sie? Stehen Sie mit erhobenen Händen auf!« In meiner Brust pocht es, als sich das Bein hinter die Gerätschaft zurückzieht, unsichtbar wird und der *Hüne* hervortritt. »Ist die Frau tot?«, frage ich ihn und versuche, das Zittern der Waffe zu verbergen. »Antworten Sie! Oder weswegen liegt sie auf Ihrer Schulter? Zur Schau?«

»Wer will das wissen?«

»Si-i-i-ie! Ihre körperliche Überlegenheit schützt Sie nicht vor einer Kugel.«

Mit seinen Fingern umfasst der Hüne die Waden der Frau und starrt mich an.

»Sie lebt, nicht wahr? Falls ja, nicken Sie bitte.«

»Sie ist tot«, sagt der Hüne und ich möchte ihm glauben.

»Wo ist der alte Gefangene? Wo ist Schoasch? Ich muss ihn sprechen. Betört das Puppenlachen nicht das Königspaar, ist alles noch existierende Leben in Gefahr.

Denken Sie an Ihre Freiheit, Herr Flanell. An das, was Sie tun können, wenn Sie erst frei sind. Mein Wort darauf: Über Tage erwartet Sie der Himmel auf Erden. Wann hat die Frau aufgehört zu atmen? Wie waren die Umstände ihres Todes?«

»...«

»Herr Flanell, ich frag –«

»Wollen Sie es nicht verstehen, oder sind Sie schwer von Begriff? Sie brauchen einen Beweis? Da! Machen Sie sich ein Bild davon, wie tot sie ist.« Mit einer Hand umfasst der Hüne das Becken der Frau und hebt sie von der Schulter. Wie ein Hautlappenteig hängt sie vor mir.

»Ich sehe, dass sie tot ist. Wenn Sie Ihre Arbeit gewissenhaft erledigen, werden Sie ein unbekanntes Lebensgefühl entdecken. Vor den Toren die Gräser blühen; eine Blüte prachtvoller als die andere. Der Anblick ist – pittoresk. Begeben Sie sich an die Arbeit und überbringen Schoasch die Meldung, er solle auf sein Können vertrauen. Stehen Sie ihm nur bei.« Ich beobachte den Hünen, wie er die Leiche zurück auf seine Schulter legt. Provokant langsam entfernt er sich.

Er wird untergehen, ahnt aber nichts davon. Denn er ist dumm. Würde er kapieren, dass man ihn jahrelang benutzt hat, wäre niemand vor ihm sicher. Mit kleinen Rückwärtsschritten trete ich den Rückweg an. Der Hüne wird die Nachricht verlässlich übermitteln.

Das Einrasten der Hochsicherheitstür erleichtert. Ein abscheulicher Ort. Es wäre vernünftig, diesen vor der Abreise, zusammen mit den Gefangenen, zuzuschütten.

Begreift der alte Gefangene erst, wie viel seine geliebte Freiheit noch wert ist, wird er sich ernsthaft überlegen, das Messer anzusetzen, um seiner Gefangenschaft zu entkommen. Hätte er die Courage gehabt, die Frau zu töten? Er hätte die Tat dem Hünen angeschafft. Der hätte dann zugedrückt; nicht der Rede wert. Schoaschs Fähigkeiten mit dem Pinsel hingegen sind legendär.

Puppen, die dem Königspaar missfielen und die wir zerstören sollten, fanden reißenden Absatz in den Reihen der Vor-Herrschaft. Manche Vor-Herren hegen ihre Puppen wie Schätze. Andere sitzen davor und interpretieren die meisterhaften Lippen. Schreiben Gedanken nieder und forschen nach Widersprüchen in den Pinselstrichen. Gruppierungen haben sich gebildet, die Gerüchte streuen über den Geisteszustand des alten Gefangenen. Er wird auf jeden Fall das Richtige tun. Karl wird froh sein, wenn er hört, dass alles in Ordnung ist. Es war ein Hirngespinst. Eine folgenschwere Lüge des Narbenbären. Von größter Bedeutung wird sein, wie das Königspaar die Falschinformation des Boten aufnehmen wird. Oder aufgenommen hat? Ich habe in der Manufaktur die Zeit verloren.

Mein Herz beruhigt sich langsam. Ich freue mich auf ein Glas Wein. Der Tag wird angenehm verlaufen.

4

PUPPENFLEISCH

Durch Sprünge in den Dachziegeln fallen Lichtstrahlen auf die Bühne wie Scheinwerferspots. Auf zartgrüne Blätter gebettet, funkelt die Leiche auf dem Silberwagen wie ein Edelstein. Ich schieße ein Foto. Faszinierend, wie es mich erregt. Der Rest des Theaters liegt im Dunkeln, den Staub in der Luft schmeckt man nur.

»Seien Sie mutig, berühren Sie es! Sie sehen: das letzte Individuum der Mittelschicht.« Die Aufforderung hallt aus der ersten Loge von einem Herrn der *Huhnschicht.*

Liokobo schreitet auf die Leiche zu. »Du siehst überhaupt nicht tot aus. Lebst du noch?«

In der Loge kippen Sessel um. »Keine Späße! Unser Kommando hat das Fräulein in der Nähe des Theaters in einer Grube gefunden. Mit keinem Wort war die Rede von Atem! Atmet sie?«

Liokobo meint, etwas spüre er. »Probier du, Schoasch.«

»Ich hasse Tier-Atem.«

»Beeil dich und halt deine Hand über ihren Mund: Sie lebt.« Besorgt halte ich – »Wieso?!«, und Liokobo ruft dazwischen: »Wahren Sie Ruhe, Vor-Herren, natürlich ist die Leiche tot!«

Die Huhnschicht atmet auf. »Dann verfahren Sie mit ihr wie gewohnt. Das Königspaar befindet, ein Andenken an die Mittelschicht entbehren zu können.« Die Huhnschicht tuschelt.

»Wieso lebt sie?«, frage ich Liokobo, werde aber unterbrochen:

»Sie beide! Geraten Sie nicht in Verzug mit Ihrer Arbeit. Sie übertragen Ihre Hektik sonst auf das Bühnenstück und bedienen die Fäden nicht nach den Vorstellungen des Intendantenpaars. Geht eine Porzellanpuppe vor den Augen des Königspaars zu Bruch, werden *Sie* das ausbaden. Und gestalten Sie ausnahmsweise ein netteres Fabrikat. Königin und König *Bruhns-Goldfisch* werden es nicht bemerken. Die Vor-Herrschaft ist jedoch der Meinung, dass der Anblick einer schönen Puppe auch sie nicht kaltlassen wird.«

Die Huhnschicht verlässt die Loge.

»Wir müssen sie von hier fortbringen.« Liokobos nervöses Zwinkern erinnert mich an die frühen Jahre unserer Gefangenschaft. Noch im Schlaf heulte er wie ein hilfsbedürftiges Junges, als handelte es sich bei jeder Leiche um seine Mutter.

WAR DAS TIER SCHWARZ, HEULTE ER.
WAR DAS TIER WEISS, HEULTE ER.
WAR DAS TIER EIN KIND, HEULTE ER.

Nacht für Nacht. Was immer ich sagte, ihm wollte nicht in den Kopf, dass wir Auserwählte waren und in der Manufaktur Gutes leisteten. Irgendwann schließlich begriff er, dass der gesamte Reichtum der Welt, auf wenige Köpfe verteilt, zum Schluss auch uns beiden wieder Wohlstand bringen würde. Er war so sprachlos, dass er mich nur ansah.

Die Leiche fixiert, manövriert Liokobo den Silberwagen durch den Höhleneingang in die abgründigen Tiefen des Bühnenuntergrundsystems.

Die Fackeln an den Lehmwänden spenden hinreichend Licht, bis die nächste Fackel kommt. Seit jeher entsteht so ein Wechselspiel aus Licht und Schatten, durch das wir jetzt ins Herz der Manufaktur vordringen. Die Stollen, in die wir abzweigen könnten, repräsentieren Erinnerungen. In ihnen veredelten wir das Porzellan bis zu vollendeter Perfektion.

»Liokobo, wir sollten Wein trinken; blutroten.«

»Wahnsinniger, sie erwarten am Abend eine Puppe! Die wir nicht liefern können, weil das Mat – diese Frau lebt.«

Es stimmt: Um das Tier verhungern zu lassen, reicht die Zeit nicht. »Hast du eine Idee, wie wir es töten werden?«

»...«

»Lio-koobo. Die Mittelschicht ersteht nicht auf, nur weil dieses letzte Tier Lebenszeichen zeigt. Auch Hühner zappeln noch eine Weile ohne Kopf.«

Seit langem ist der Anblick des höhlenartigen Fabrikgeländes nicht mehr, was er zu Anbeginn unserer Gefangenschaft war. Alles verrostet; nirgendwo lieblicher Gestank. Es sieht trostlos aus, verglichen mit den aufregenden Zeiten, die davor lagen.

Im Sog der Herausforderung, zu zweit die gesamte Mittelschicht der Welt zu Porzellanpuppen zu verarbeiten, spornte ich Liokobo zu Höchstleistungen an. Klaglos barg er die Leichen vom *Ankunftsberg,* weidete sie aus und übertrug sie mir präpariert für die nachfolgenden Arbeitsschritte. Momente der Arbeitslosigkeit nutzte ich, um seinen Arbeitseifer heimlich zu bewundern.

Der Brustkorb des Tiers hebt und senkt sich inzwischen deutlicher. »Liokobo, mir ist unwohl bei der Sache. Denk an unsere Freiheit und die königliche Bedingung dafür: Die letzte Leiche vertritt die Mittelschicht. Du setzt für nichts alles aufs Spiel.«

Im Gehen befreit er sich von seiner Jacke und überreicht sie mir mit ausdruckslosem Blick. »So wie sie aussieht, dauert es noch, bis sie sich wehren könnte. Leg ihr die Jacke aufs Gesicht und kriech morgen auf allen Vieren stolz in deine Freiheit.«

Ich nehme sie entgegen und breite sie über das Gesicht des Tiers. »Eine gute Idee. Man sieht die Visage nicht und das Töten belastet nicht das Gewissen.« Neugierig hebe ich die Jacke an, um nachzusehen, ob das Tier schon tot ist, da fühle ich den Atem auf meiner Haut. »Aufhören damit!«

Liokobo ist sich sicher, in den Zwischenräumen der Jacke würden sich Luftkammern bilden, die das Tier atmen lassen. »Schau auf ihren Brustkorb«, sagt er zum Beweis, nachdem ich auf die Jacke Druck ausübe.

»Widerspenstig. Ich will mir nicht ausmalen, was uns droht, wenn wir es nicht totkriegen. Du hast die Königin oft in Rage erlebt. Sie ist *die* Abart des Tierreichs.

Als Kind fing Herta zum Vergnügen Wespen; stülpte Gefäße darüber, schüttelte diese und sezierte die sedierten

Wespen mit Glasscherben fein säuberlich. Entrückt studierte sie das Zucken der Körperteile. Zickende Freundinnen und vorlaute Jungs hing sie freitags nach Schulschluss an Bäumen auf. Kopfüber baumelten diese Stunden, oft ganze Wochenenden wie Früchte von den Ästen.«

Liokobo übergeht, was ich sage, oder will es nicht hören. Ohne zu fragen, nimmt er dem Tier die Jacke vom Gesicht und breitet ihm diese zärtlich über den Brustkorb.

»Was bringt das?«

Zornig wirft er die Jacke beiseite und fixiert mich.

»Liokobo, wenn du draußen bist, lass dir dein Lid anschauen. Ich kann mich nur auf dein Aug konzentrieren.«

Genervt läuft er zu der Stelle, an der die Jacke liegt, als das Tier den Kopf bewegt.

»Es reicht, wirf die Jacke her!«

»Nichts reicht und die Jacke bleibt bei mir! Hau ab und begaff sie nicht wie ein Beutetier! Du wirst das Letzte sein, das sie als Erstes erblicken möchte, wenn sie erwacht. Siehst du nicht, wie schön sie ist?«

»Es ist ein Skelett, keine Schönheit.«

»Weil sie Hunger hat.«

»Mich interessiert nur, wie sich das Tier verstecken konnte.«

»*Ich habe den Atem angehalten.*«

»Es spricht.«

»*Sagt mir, welches Jahr wir schreiben.*«

»Was machen wir jetzt?«

»*Wer von euch Hunden ist Schoasch?*«

»Es sitzt aufrecht.«

»Schoasch. Da: die Jacke.«

»Ausgeburt! Hör dir zu! Hört euch zu! Wo bin ich hier?! Wo - ist - die - Unterschicht?!« Unvermittelt stürzt sich das Tier auf mich und schlägt auf mich ein.

»Liokobo, Liokobo, seine Knochen tun weh!«

Liokobo, das Schwein, lässt es ein paar harte Hiebe austeilen, greift dann aber ein und schafft mir das Tier mit einem Handgriff vom Leib.

»Duu!«, keife ich es an und erhebe mich mühsam vom Boden, als es immer noch um sich schlägt wie eine rasende Spinne. »Hättest du eine Ahnung, was du verbrichst, würdest du dich selbst schlagen! Gib Acht, Liokobo, das Tier entflieht dir sonst! Es muss eine *Bock-Spinne* sein. Ha! Blut an meinen Lippen! Das Königspaar hat weise gehandelt, die Mittelschicht auszulöschen.«

Liokobo hält das Tier noch ein paar Augenblicke lang fest, als es seiner Schwäche erliegt.

»Guut, es stirbt. Drück vielleicht noch zu.«

»...«

»Heulst du schon wieder? Zum Glück ging es zügig.« Es sieht aus, als ergreife etwas von ihm Besitz. Gespenstisch, dabei anwesend zu sein, wie er, in der Gestalt des Liokobo-Männchens, zu Boden sinkt, die Leiche streichelt und dazu heult. »Bitte! Soll ich sie ausweiden? Wie viel Porzellan verwenden wir? Gut, ich richte derweil alles her. Aber vergiss die Leiche nicht in deinem Taumel.« Rasch fliehe ich vor dem Anblick, den diese Verrückten abgeben.

»Wie ausgetauscht ist die Luft!« Neu erfüllt von altbekannter Leichtigkeit, spüre ich sogar meine allerfeinsten Äderchen, so stark vibriert mein Blut. Wie lange – viel zu lange ist das her ... Was hat die Leiche gemeint? Ihren Atem angehalten? Meine Güte, die Ereignisse im Restaurant; das Huhn; die Vermählung des Königspaars. Wie alt bin ich heute? Wann habe ich zum letzten Mal mein Spiegelbild betrachtet? Instinktiv spähe ich nach einer Stelle, die reflektiert, was unsinnig ist, da keine existiert. Erregt lecke ich das Blut von meinen Lippen. »Jaa, in dir steckt noch derselbe Sprössling von damals. Für die Freiheit geboren und lange zurückgehalten, wird es höchste Zeit, dass du über dein Leben wieder nach Herzenslust bestimmen darfst. Vollbring noch diesen einen Dienst und deine anschließende Freiheit wird grenzenlos sein. Ein Territorium für dich. Ackerland. Für das du Frauen und Kinder anstellen wirst, die es bestellen.

WAS?! – NEIN!

Notfalls siehst du dich in der Huhnschicht um. Geschehe, was wolle: Dein Feld wird bestellt werden. Und aus dem Schaukelstuhl wirst du deine Untergebenen beherrschen. Schoasch, du bist großartig. Setzt du dir etwas in den Kopf, dann strebst du danach, bis du es erreicht hast. Dass du hier gestrandet bist, war schwer einzukalkulieren. Ein Unfall.«

5

SCHWERT DER EINFALT

tell den Regenschirm da ab, herzlichen Dank, ich denke, wir sind so weit. Im Übrigen, darf ich vorstellen: die bezaubernde *Alice*. Meine beste Kraft.«

Alice lächelt. Wie eine Blume, die bleiben will. Beim Verlassen des Raumes höre ich sie:

»GLAUB AN DEINE TRÄUME. SO KÜHN KÖNNEN SIE NICHT SEIN, DASS DU SIE NICHT LEBEN KANNST.«

Der Lektor sieht mich an, bevor er das Gespräch eröffnet.

»Nun gut, wo fangen wir an? Du bezeugst mit deinem geistigen Erguss deinen Willen, als Literatin verstanden werden zu wollen. Ich habe mir ausgiebig Zeit für deine Lektüre reserviert, weil ich spürte, dass darin ein Universum steckt. Aus deinem Anschreiben kannte ich dein Alter. Ich gebe es zu: Ich wusste nicht, was ich davon halten sollte. Du bist blutjung, keine zwanzig, und hast etwas vollbracht, das reifer klingt, und darüber hinaus von literarischem Geschick zeugt, dass einem der »Begriff« Genie in den Sinn kommt.« Der Lektor sieht mich an und spürt, wie ich innerlich tanze. »Seit wann schreibst du?«

Ich bin froh, dass er mir eine Frage stellt, die ich beantworten kann. »Ich *bin* zwanzig.«

Kurz wirkt er verwirrt, erinnert sich aber. »Selbstverständlich bist du zwanzig! Verzeih mir, ich wollte dir nicht zu nahe treten. Inzwischen sind Monate ins Land gegangen. Man spürt, wie das Blätterwerk duftet. Lass uns eine Kerze anzünden darauf und dass du ein neues Kapitel aufgeschlagen hast. Trinkst du Kaffee? Ich selbst bekomme nicht genug davon.« Der Lektor schenkt mir Kaffee ein, steht auf, holt etwas und stellt eine Kerze auf den Tisch. Es dauert ewig. »Ein kleines Detail an deinem Werk hat mich von Anfang an stärker in seinen Bann gezogen, als alles andere. *Es:* der *Drache;* die *Brut;* das *Biest* und herzallerliebste *Töchterchen*. So viele Namen trägt es. Du erweckst es zu literarischer Existenz und bündelst es bis in alle Ewigkeit in bösartigster Gestalt. Was bin ich selig, dass es nicht wiederkehrt!«

»Ich wusste, dass sie die aufmerksamsten Leser entdecken würden und Parallelen ziehen.«

»Das ist das Bemerkenswerte: Mit vollem Bewusstsein legst du Geheimnisse in deine Schöpfung. Sie sprießen, wenn du sie bewahrst.« Der Lektor leckt sich mit rauer Zungenspitze die Lippen. »Wie viele Verlage oder Agenturen haben dein Manuskript *dankend abgelehnt?* Sicher hast du auch nach Deutschland geschickt. Du brauchst keine Namen nennen. Ich schätze, die üblichen Verdächtigen.«

»Wieso denken Sie, ich sei oft abgelehnt worden?«

»Ganz einfach: Weil *ich* dich über ein Jahr warten ließ. Mein Glück lag in den Händen des Schicksals, die Aussicht, die du genießt, mit dir teilen zu dürfen. Die Wahrscheinlichkeit wuchs jeden Tag, dass du inzwischen anderswo unter Vertrag stehst; oder du dein Buch selbst verlegst. Aber ich wartete geduldig.«

»Sie streuen Lorbeeren, aber sind überzeugt, dass ich keine anderen Einladungen erhalten habe?«

»Ja. Weil der Markt kaputt ist. Es herrscht kein Ringen mehr unter edlen Literaten, die alleine diesen Titel tragen dürfen. Ernsthafte Schriftsteller müssen knochenhart arbeiten an ihren Texten. Häufig über Jahre aus einem Brunnen schöpfen, der selten reich gefüllt ist. Permanent fallen Äste und Laub hinein, die herausgefischt gehören, ehe die Quelle wieder angezapft werden kann. Werke wie deines unterhalten nicht nur. Ihre Lektüre braucht Ruhe und Zeit für sich. Beides verblasst in der Gesellschaft.«

»Und deswegen soll ich keine Einladungen erhalten haben?«

»Exakt! Du bist ein Wagnis, auf das sich nur noch ehrbare Verlage einlassen. Lieber hüten die meisten, wie Berge von Goldschmuck, ihre Übersetzungslizenzen und scheuen vor jedem Risiko zurück, Nachwuchs zu fördern. Töricht, jedoch keinesfalls verwunderlich. Mit ander´n Toten lassen sich kaum derart bequeme Geschäfte machen, und 1-Cent-Sticker mit dem schillernden Vermerk *Internationaler Bestseller* sind heiß begehrt. Fehlt nur noch, dass die Buchpreisbindung fällt! Dann nimmt das Massensterben der Kümmerer seinen natürlichen Lauf.« Der Lektor lacht. »Dämliche 1-Cent-Sticker! Die oft zum Kauf trottelhafter Werke anregen und so die Leserschaft verblöden. Ob du es glaubst oder nicht: Unser Literaturmarkt liegt wohlig gebettet in seinem Grab und längst haben wir begonnen, mit unserem fehlenden

Weitblick und der puren Habgier, dies Grab mit Erde zu-
zuschaufeln. Selbst der Grabstein ist angebracht, mit der
Inschrift:

**OHNE NOT ERLITTEN,
DURCH DAS SCHWERT DER EINFALT,
DEN EHRENTOD!**

Genial.«

»Was meinen Sie damit, dass es kein Ringen mehr unter
Literaten gibt?«

»Jetzt enttäuschst du mich. Wie viele Schriftsteller und
Publizierende in Österreich, denkst du, können von ihrem
Handwerk leben? Hast du recherchiert? Dem Inhalt und der
Qualität deines Textes nach gehe ich davon aus.«

»Ich nehme an, wenige.«

»Wenige? Gut, lassen wir das, es tut nichts zur Sache.
Solange jedenfalls Schriftsteller Brotjobs nebenher ertragen
müssen wie Lastesel, werden nur wenige unter ihnen in der
Lage sein, regelmäßig verblüffende Werke zu erdenken.
Schöpfungen, die sich voll Feuer duellieren wollen um Leser-
schaft und so den Markt intellektuell beleben. Schriftsteller
brauchen Konkurrenz und die schon im Heimatland, um ihre
Motivation hochzuhalten. Sonst lesen wir bald nur noch
Tote.«

»Lässt sich dieser Trend aufhalten?«

Der Lektor blickt mich fragend an. »Lisa, was führen wir
hier? Ein Interview?«

»Beantworten Sie bitte meine Frage.«

Er wahrt Contenance, obwohl ich ihm ansehe, dass in ihm Weisheiten brennen, die er loslassen möchte. »Deine Frage ist pauschal kaum zu beantworten. So wie sich der Markt entwickelt, rate ich jedem Schriftsteller, der nach ehrlicher Berühmtheit trachtet, bereits an seinem Debütroman so lange zu feilen, bis kein Satz, kein Wort mehr ersetzt werden kann; alles perfekt scheint. Der Handlungsstrang muss schlüssig und nachvollziehbar sein. Die Charaktere, die man erschafft, leben durch Konflikte, die sich mit Fortschreiten der Geschichte zuspitzen. Und im Idealfall verbirgt sich darin eine Besonderheit, die die Geschichte unleugbar ihrem Schöpfer zuordenbar macht. Hohe Literatur, E-Literatur – wie man sie bezeichnen mag – kann sich auch anderer Kniffe bedienen. Zum Zwecke der Unterhaltung ist es jedoch unabdingbar, neue Wege zu beschreiten, experimentierfreudig zu sein. Wo wir wieder bei der Grundproblematik wären: dem unaufhaltsamen Lauf des Vertrocknens der Literaturlandschaft.«

Ich finde keine Worte, so paralysiert bin ich von der Vorstellung einer Existenz des Menschengeschlechts ohne den Zauber der Literatur; ohne diese unschätzbar wertvollen Aufzeichnungen für Verbliebene.

Zu meiner Erleichterung setzt der Lektor unser Gespräch fort und überlässt mir die Position der aufmerksamen Zuhörerin. »Was in aller Welt treibt eine junge Frau wie dich an, ihr Herzblut der aussichtslosen Herausforderung zu verschreiben, ein Buch zu verfassen, mit dem Bestreben, das Augenmerk der Menschheit auf die Literatur zurückzulenken? Diese Frage beschäftigt mich seit mir vor Monaten dein Manuskript in die Hände fiel. Und bitte sei ehrlich.«

»Dieses Buch wird ein Anfang sein.«

»Ein Anfang? Wie darf ich das verstehen?«

»Es markiert einen Anfang, nicht anders ist es zu verstehen.«

»Folgt noch mehr nach deiner Publikation?«

Ich freue mich über sein überraschtes Gesicht. »Aus unseren Gesprächen werden Bäume emporwachsen, hat die Saat erst mein köstliches Wasser geschmeckt.«

»Allmählich wirst du mir unheimlich, Lisa.«

»Ich bin selbst verblüfft über diese Entwicklung. Es wird zum Mysterium.«

Der Lektor entspannt sich und spricht mit dezentem Lächeln. »Du gibst mir Rätsel auf, das schätze ich sehr.«

»Was Sie nicht sagen.«

6

SCHLACHT-HAHN MIKE

In Finsternis gehüllt, erhebt sich um mich herum Geschnatter. »Wer ist da? Wo bin ich?« Ich höre Flügel schlagen, lausche und – »Was soll dieser Scheiß? Steht vor mir ein Huhn? Karmonon, bring mich sofort ins Theater! Ich habe mit dem Oberkommandoführer ein Hühnchen zu rupfen.«

»Karmonon ist anwesend«, spricht eine fremde Stimme zu mir. »Dank ihm sind Sie hier. Klatschen bitte alle Hühner kräftig. Auf Karmonon!« Tausende Flügel dreschen ungestüm aufeinander. Ich halte mir die Ohren zu und höre dennoch die Stimme: »Wie empfinden Sie es, blind zu sein? Jedes Geräusch dringt tiefer. Es benötigt einige Zeit, bis man sich daran gewöhnt.«

»Karmonon? Ist das wahr?«

»...«

»Muss ich gackern, um Antworten zu erhalten?«

»Sie befinden sich in der Zuchtstation. Das genügt für den Anfang. Beschreiben Sie sich.

MENSCH BOTE.

Mir ist es bedauerlicherweise nicht vergönnt, Sie zu erblicken.«

Ich übergehe diesen Unfug und ziehe vorsichtig an dem

Klebstoff, ertrage aber den Schmerz nicht. »Was klebt auf meinen Augen?!«

»Berichten Sie uns von Mensch Oberkommandoführer.«

Reflexartig laufe ich los und pralle gegen ein stämmiges Huhn.

»Bleiben Sie liegen und erzählen uns Geschichten von Mensch Oberkommandoführer.«

»Bringt mir lieber Wasser. Andernfalls sterbe ich in Kürze und ihr habt nichts davon, mich gefangen genommen zu haben.«

»Wasser gibt es im Anschluss an Ihre Erzählung.«

Zuchtstation? Wir sind in der Zuchtstation? – Konzentrier dich. »Karmonon hat mich gepickt, ja! Ich lag im Sand und – wie konntest du mich – etwa wegen der Abreise?«, höre ich mich fragen. »Weil ich gehe?«

»Abreise?«, erklingt die Stimme. »Da haben wir es endlich! Die Menschheit kehrt ihrem Heimatplaneten für immer den Rücken zu, um andernorts im Universum aufs Neue durchzudrehen; zu tyrannisieren, was sich dazu als geeignet erweist. Und ihr Tun rechtfertigt mit der Begabung, es zu können. Schwarz ist sie heute: die Erde. Zudem, Lichtjahre entfernt, dem Mutterhuhn Eier zu klauen; uns als Nutztiere zu missbrauchen. Krank, aber anscheinend menschlich. Ihr seid arge Lebewesen. Schaltet euch gegenseitig aus, damit ihr zahlenmäßig schrumpft und wenige Auserkorene mit geschwellter Brust beteuern können, *alle* passen ins Raumschiff.«

Ich warte darauf, dass die Stimme weiterspricht, um mit ihrer Hilfe meine Erinnerungen zu beleben. »Ja. Erschreckend, was wir angestellt haben«, sage ich und hoffe, dass kein Huhn meine Worte anzweifelt. »Ich schäme mich für die Menschen morgens bis abends.«

»Das sollten Sie, doch niemand tut es. Sie ebenso wenig wie der Rest von euch Banditen. Belügen Sie mich nicht, Mensch Bote. Die Schlagbohrhühner sehnen sich nach meiner Erlaubnis, sich mit Ihrem Schädel zu beschäftigen.« Dumpfes Gehämmer ertönt aus allen Richtungen und ich erinnere mich, einige Schlagbohrhühner geritten zu haben.

Aus der Zuchtstation hatte es seinerzeit geheißen, es wäre heikel, das Huhn einer solchen *Schnabelmutation* zu unterziehen. Es war äußerst heikel. Besser, wir hätten es unterlassen. Man musste die Medikation zur fortlaufenden Reproduktion des Schnabelgewebes über einen längeren Zeitraum sanft erhöhen, um die Nebenwirkungen in Form von massiver Aggressivität zu bändigen. Etliche Exemplare warfen die Vor-Herren gnadenlos ab, droschen auf sie ein und rissen aus. Wir überhäuften die Zuchtstation mit Beschwerden und lieferten gleichzeitig Verbesserungsvorschläge. Die Hühner wären nicht reitbar und somit für Abbauarbeiten untauglich. So erkämpften wir, dass man die Hälse der Hühner in stabile Konstruktionen zwängte. Über Hebel und Steuerelemente konnten diese launenhaften Hühner folglich nur picken, wenn die Reiter es befohlen.

»An Ihren Fingern klebt Blut«, höre ich die Stimme. »Mit wem haben Sie sich geprügelt?«

An meinen Fingerknöcheln schmecke ich Blut. Mir dämmert es, mit wem ich mich geprügelt haben könnte. Herr Oberkommandoführer? Bestimmt haben Sie mit Ihrer Klugscheißerei meinen Geduldsfaden zerschnitten. »Der Oberkommandoführer ist tot. Wir hatten eine heftige Auseinandersetzung und dabei ist er gefallen. Später musste ich seinen Leichnam noch ein letztes Mal sehen.«

»Mensch Oberkommandoführer ist tot?«

»Ja, tot.«

»Bringt Mensch Bote Wasser. Es wird länger dauern, wie es scheint.«

»Wer verhört mich? Wie heißen Sie?«, frage ich und begreife, dass ich von allen Seiten beobachtet werde. »Ich sage kein Wort mehr, solange ich nicht weiß, mit wem ich es zu tun habe.«

»Mike«, verkündet die Stimme und da ist die Erinnerung. Es handelt sich um den legendären *Schlacht-Hahn Mike*.

Die Tragödie um Mike ereignete sich in der Trauungsnacht des Königspaars. Als Liebesbeweis nahm sich der König vor, seiner Gemahlin Herta ein gebührendes Festmahl zu bereiten. Er wusste um ihr glühendes Verlangen nach aromatischen Hühnerhälsen und positionierte den Schlacht-Hahn so in der Guillotine, dass das Hackbeil den Kopf an dessen Ansatz abtrennte, um einen größtmöglichen Halsanteil zu erhalten. Dass Kopf und Körper nach der Enthauptung eine Zeit lang zuckten, war nichts Ungewöhnliches. Doch der Hahn tat mehr. Er pickte nach Nahrung! Es erheiterte den König, dass der Hahn auch am nächsten Morgen quietschlebendig und ohne Kopf weiterpickte. Maßlos fasziniert von diesem ungezügelten Lebenswillen, erklärte ihn der König prompt zum *Super-Hahn*, stellte ihn unter Schutz und taufte ihn auf den Namen *Mike*.

Eigenhändig übernahm er dessen erste komplizierte Fütterung. »Füttert man Sie heute immer noch mit –«

»Wie andere für ihr Überleben sorgen, lassen Sie deren Sorge sein.«

»Es ist zig Jahre her, dass der König Sie geschlachtet hat. Selbst mit Kopf überlebt kein Huhn ein ganzes Jahrzehnt. Sie sind nicht Mike.«

»Bin ich Mike?« Die Hühner geraten in Aufruhr. Ein Orkan aus Stimmen und Flügelschlägen braut sich zusammen, gemischt mit dem Donnern der Schlagbohrhühner.

»Stopp!«, schreie ich. »Aufhören!« Aber kein Huhn interessiert´s.

»Bin ich Mike oder nicht?« Ist es ein Racheakt, den er verübt, und ich zur falschen Zeit am falschen Ort? »Mensch Bote, hat es Ihnen die Sprache verschlagen?«

»Natürlich sind Sie Mike! Ich hielt den König in jener Nacht davon ab, Sie ein zweites Mal unters Hackbeil zu legen.«

Gespenstische Stille.

Ich erinnere mich, wie der König nach der Taufzeremonie die Vor-Herrschaft nötigte, diesen Hahn zu begutachten. Ein Beispiel sollten wir uns nehmen an einem solchen Lebenswillen. Dass er keine Anzeichen davon in uns erkenne. Wir mit ganzer Seele dazu bereit sein müssten, kopflos am Leben zu bleiben. Zu verinnerlichen hätten, den Tod unter keinen Umständen zuzulassen. Die Missachtung dieses hohen Gebotes stellte der König vorsorglich unter Strafe. Viele Vor-Herren interessierten sich nicht für Mike, durften sich dies aber nicht anmerken lassen. Der König begriff die Präsentation des Super-Hahns als perfekte Gelegenheit, die Vor-Herrschaft auf die anstehenden Großprojekte einzuschwören. Die Tage würden lang, eröffnete er seine ungestüme Rede. Einige Individuen der Mittelschicht würden sich zweifellos zur Wehr setzen. Er hätte das schmerzhaft am eigenen Leibe erfahren. Es gelte künftig, den Schlacht-Hahn Mike als *Absolutes Vorbild* zu würdigen und unsere Einstellung zum Leben der des Hahns anzugleichen. Nur so ließen sich die hehren Königsziele erfolgreich umsetzen und die Zeitspanne bis zur Ankunft des Mutterhuhns sinnvoll überbrücken. Das Leben in vollen Zügen genießen, könnten wir hinterher.

»Es stimmt, dass jemand große Fürsorge für mich entwickelt hat«, sagt Mike zu meiner Überraschung. »Diese Hände taten mir gut.«

Ich lausche, ob er etwas hinzufügt, warte aber vergeblich. Es ist mir schleierhaft, wer diejenige Person gewesen sein sollte. Nach der kurzen Euphorie ließ der König Mike in die Zuchtstation abführen und schaffte den Vor-Herren an, die Tage zu zählen, die er bei optimaler Pflege überlebte. Wer für diese Vollzeitpflege die Verantwortung tragen sollte, blieb offen. Mir war egal, was mit ihm geschah, und der König verlor nie wieder ein Wort über ihn. So geriet Mike in Vergessenheit.

»Ihre Hände waren das nicht, Mensch Bote. Ich muss sie nicht spüren, um das zu wissen. Die Hände der Frau waren zart. Wir kamen ohne Worte aus. Bis sie eines Tages nicht mehr zurückkehrte.«

»Sie wird gestorben sein«, sage ich und frage mich, ob ihr

eine *Königsbombe* das Leben nahm. Ging die Frau durch meine Hände?

»Wahrscheinlich ist es so, Mensch Bote. Die edle Herausforderung liegt darin, den Tod anzuerkennen. Haben Sie je einen Menschen verloren, der Ihnen nahestand? Der Sie gern hatte? Den Sie gern hatten? Haben Sie je warmherzige Gefühle zugelassen? Diese machen das Leben lebenswert; kostbar; auch die schweren Tage. Sind Sie dumm? Klatschen bitte alle Hühner kräftig. Auf Mensch Bote und das Schöne, das ihm verborgen blieb!«

Ich nehme die Geräuschkulisse wahr.

»Mensch Bote? Geht es Ihnen gut? Sie abnormes Geschöpf. Vernichten Ihre eigene Spezies anstelle von Zartheit und Mitgefühl.«

Das Abstellen einer Schüssel vor mir unterbricht das Gespräch. Gierig tauche ich den Kopf ins Wasser und versuche, mich von dem Klebstoff zu befreien, bemühe mich aber vergeblich. »Bleibe ich blind?«

»Man wird es sehen, Mensch Bote. Wenn Sie genug getrunken haben, erzählen Sie uns von Mensch Oberkommandoführer.«

Um Zeit zu gewinnen, trinke ich. Ich bin überzeugt, dass der Oberkommandoführer und ich niemals handgreiflich wurden. Wer dann? Ich habe doch nicht das Biest geschlagen? Getötet? Bitte nicht! »Karmonon soll verkünden, mit wem ich mich geprügelt hab!«, platzt es aus mir heraus. »Er hat vielleicht etwas gesehen.«

»Und Sie denken anscheinend, er hätte es uns verschwiegen. Sie müssen strohdumm sein. Woher, denken Sie, haben wir unser Wissen über Sie und die Königsfamilie? Vom Missbraucht werden und Zuhören? Dank unserer Vorstellungskraft? Möglicherweise, ja!«

»Karmonon, wen hab ich ermordet?«

»Sie haben keine Erinnerungen. Einen Rennhuhnhieb so schwer wegzustecken. Schämen Sie sich. Wollen Sie von uns Geschichten hören von Mensch Oberkommandoführer?«

»Das brächte Klarheit, ja. Berichten Sie mir von den Taten des Oberkommandoführers. Bitte. Ist sein Rennhuhn *Sapperlot* ebenfalls da? Ihr habt euch zusammengetan. Ihr seid Hühner! Erzeugt warme Luft mit euren Flügeln und poltert fleißig. Natürlich haben wir euch benutzt. So haben zumindest wir etwas von unserem Leben gehabt.

NICHT ALLE MÜSSEN ALLES HABEN.

Foltern Sie mich, wenn Sie es wagen.«

»In Ihren Reihen existiert eine Person, der körperliche Gewalt sogar Freude bereitet. Sie, Mensch Bote, gingen zugrunde, ehe es amüsant würde. Erfreuen Sie sich an Ihren Sinnen, die Sie noch besitzen.«

Damit klärt sich, was in den nächsten Stunden mit mir geschieht. Ich versuche, meinen Verstand zu wahren und – Mir fällt etwas ein. Ich lüge. »Von Anfang an stand fest, dass die Königsfamilie nach dem Puppenstück das Raumschiff alleine besteigen wird. Bloß kaum jemand zieht diesen gegebenen Umstand in Betracht. Die Vor-Herrschaft glaubt unerschütterlich daran, dass wir die Reise in die Zukunft als Familie antreten. Nichts dergleichen wird geschehen, Mike.

Sie wurden manipuliert, genau wie ich. Nutztiere, die Ziele verwirklichten, die uns nie in den Sinn gekommen wären. Wie sähe Ihr Leben aus, hätte man Sie nicht als Ei aus dem Nest gestohlen? Wir stünden jetzt nicht hier und unterhielten uns. Das wäre schade.«

»Ja, Mensch Bote – unendlich schade.«

7

NARBENBÄR UND KARL

Entspannt betrete ich den Festsaal und erblicke die Vor-Herrschaft, die sich um etwas oder jemanden versammelt hat. An der Grillstation drehen sich unbeaufsichtigt zwei *Speisehühner*. Nur den Boten sehe ich nirgendwo. Vorbei an gedeckten Tischen, begreife ich, dass der Narbenbär im Zentrum steht.

»Der Bote wollte mich totprügeln!«, dröhnt seine unverkennbare Stimme.

»Der Mann ist aus Stahl!« Ein anderer Vor-Herr fügt hinzu, der Narbenbär sei der letzte Vor-Herr, der sagt, was er denkt. Ob Wahrheit oder Lüge spiele keine Rolle.

Ich bahne mir einen Weg durch die Vor-Herrschaft und höre ihn posaunen, er habe *nicht* gelogen. »Macht Platz, ich muss den Irren sehen!«, dränge ich die letzten Vor-Herren beiseite und erblicke ihn, wie er nackt seine jüngsten Verwundungen zur Schau trägt. »Da offenbarst du dich. Bist du von Sinnen? Aus Jux und Hieb-Sucht zu behaupten, die Leiche lebe. Du hast eine Lawine losgetreten.«

Raunen.

»Der Bote hat mit deiner Falschmeldung das Königspaar konfrontiert. Ich wage mir nicht auszumalen, wie sie augenblicklich toben wegen dieser Idiotie. Du hast uns alle zusammen in Gefahr gebracht. Völlig umsonst! Ich habe mich vergewissert: Die Frau ist tot.«

Die Vor-Herrschaft gerät in Aufruhr, als Karl vor mir auftaucht. »Sie waren im Untergrund, Herr Oberkommandoführer? Haben Sie dort mit dem Alten gesprochen? Was sagt er? Hat er die Frau kaltmachen müssen?«

Gerade will ich ihm antworten, *ja, ich habe mit dem Alten gesprochen,* als sich der Narbenbär aufrichtet und, mir zugewandt, heroisch verkündet:

»Diese Frau – hat geatmet! Und soeben, während wir sprechen, werden die Gefangenen Pläne aushecken, wie sie diesen Umstand gegen uns verwenden können. Ja, Marzi«, spricht er weiter und lenkt die Konzentration der Vor-Herrschaft auf mich. »Hast du deine Hand über ihren Mund gehalten? Oder haben dir die Gefangenen glaubhaft berichtet, sie sei tot? Lass mich raten. Du bist vor Angst eingeknickt, als der Hüne vor dir stand und keine Gitterstäbe zwischen euch. Soll *ich* mit dir in die Abgründe gehen? War dir wahrscheinlich auch zu dunkel? Du Bettnässer.«

Ich spüre Karls Hand auf meiner Schulter.

Es ist bedauernswert und eindrucksvoll, mit welcher Inbrunst der Narbenbär um Schläge fleht. Er sagt nicht: Prügel mich, ich brauch das. Er schimpft deine Mutter, sodass in den Hieben echter Zorn mitschwingt.

Wieso hab ich meine Scheißhand nicht über ihren Mund gehalten?

»Sie – ist – tot!«, brülle ich und hoffe, dass die Sache damit vom Tisch ist. Die Achtung der Vor-Herrschaft ist wiederhergestellt. Kurzzeitig gibt keiner einen Laut von sich.

»Herr Oberkommandoführer, beruhigen Sie sich«, sagt Karl und mein Blick verharrt auf dem Narbenbär. »Es war gut, dass Sie den Mut hatten. Jetzt weiß der Alte, was zu tun ist.«

»Verschwinden Sie!«

Karl bleibt unbeugsam. »Lassen Sie sich nicht am Tag unserer Abreise vom Narbenbär die Laune verderben. Trinken Sie ein Glas Wein und denken daran, was Sie zuvor gesagt haben: Das Königspaar wird mit seinen Gedanken woanders sein. Sie werden den Boten nicht einmal vorgelassen haben.«

»Sie kennen offenkundig seine schleimige Art nicht. Der Bote ist *das* Kriechtier vor dem Herrn. Wenn er befindet, etwas vortragen zu müssen, trägt er es vor. Nebenbei pflegt er bei jeder seiner Vorsprachen seine Hass-Liebe zur Königstochter. Sie hält sich ihn seit ihrer Geburt; hat ihn mit übernatürlichen Kräften zu ihrem Haustier verwandelt. Das Mitwirken bei der Tötung der Mittelschicht war die einzige Abwechslung, die ihm neben seiner einsamen Botentätigkeit blieb. Er ist unausgeglichen, was ihn unausstehlich macht. Er kriiecht, kapieren Sie das? Der Bote kriecht. Verkriechen Sie sich auch endlich!«

Karl wagt es kein zweites Mal und tritt zur Seite, sodass ich mich dem Narbenbär zuwenden kann. Das Getratsche der Vor-Herrschaft ist zu Lärm ausgeartet. »Seien Sie still!«

Der Narbenbär lacht hämisch. »Ein Befehl von Marzi genügt und alles um ihn herum kuscht. Wie ist es, trotzdem sein Bett vollzunässen?«

»Du bist ein bemitleidenswertes Geschöpf. Man hätte dir ein *Prügelhuhn* züchten müssen, mit dem Instinkt, dich unaufhaltsam niederzutrampeln. Du hättest es genossen;

lechzend nach einem Zweiten verlangt.«

»Von mir aus darf das Mutterhuhn auf mir landen. Anschließend putze ich mich ab und steige lachend an Bord des Raumschiffs. Aus solchem Holz wärst du auch gerne geschnitzt. Du bestehst aus reinem Totholz. Begeben wir uns in die Abgründe. Die Auseinandersetzung mit den Gefangenen übernehme ich. Es wird genügen, wenn du die Fackel trägst.«

Den Narbenbär nicht züchtigen zu können, martert mich. Aus seinem Mund die Wahrheit zu hören – Der bloße Gedanke an die Hochsicherheitstür schnürt mir die Kehle zu.

»Die Vor-Herrschaft spurt, weil sie daran gewöhnt ist, Marzi, nicht, weil sie einheitlich hinter dir steht. Ein Haufen Kriechtiere steht um mich versammelt! Wer besitzt den Mut, mit mir die Abgründe zu besuchen? Zumindest einer?«

Im Festsaal wird es totenstill.

Zeigt jetzt nur ein einziger Vor-Herr auf, würden sich umgehend weitere ermutigt fühlen und nachziehen. Die Situation geriete außer Kontrolle.

»Stumpfsinnig, an den Untergrund überhaupt noch zu denken! Der Hüne präsentierte mir die Frau über seinem Arm wie ein Handtuch. Der Narbenbär verwirrt Ihnen die Sinne! Vor-Herren, hören Sie auf mich. Soeben entsteht im Untergrund das, was entstehen soll: eine Puppe. Der alte Gefangene ist ein Meister seines Handwerks und nichts ist ihm heiliger als seine Freiheit. Denken Sie nicht, er hätte gehandelt, wenn die Frau geatmet hätte?« Ich visiere den Narbenbär und warte, ob meine Argumentationen die Vor-Herrschaft überzeugen. Der Narbenbär bewahrt seine diabolische Fratze. Er weiß, dass ich weiß, dass er recht hat. Wieso hab ich meine Scheißhand nicht über ihren Mund gehalten?

»Ich bin derselben Meinung«, höre ich Karl. »Niemand sollte je wieder einen Fuß in den Untergrund setzen. Trotzdem ginge ich mit, wenn Sie – Herr Oberkommandoführer? Überprüfen wir den Atem der Frau – zur Sicherheit.«

Ohne nachzudenken ziehe ich meine Waffe und ziele auf seine Stirn.

»Bist du irre, Marzi?!«, höre ich den Narbenbär. »Jeder Vor-Herr weiß, dass du nicht bettnässt.«

»Eine Kugel nimmt sogar dein Leben«, sage ich und nehme *ihn* ins Visier.

»Schick mich ins Jenseits oder sei still. Du willst es auf dir sitzen lassen, dass selbst Karl gegen Ende Rückgrat beweist, während du herumspinnst wie ein Kleinkind?«

Die Waffe in meiner Hand erfleht den Schuss; bebt vor Verlangen, den Narbenbär niederzustrecken.

»Akzeptierst du es, dass du einer erneuten Begegnung mit dem Hünen nicht entgehst? Bewahr dir einen Funken Würde und beende die Spinnerei mit der Waffe. Marzi! Waffe runter!!!«

Stumm bahne ich mir einen Weg durch die Vor-Herrschaft. Die Waffe klebt an meinem Oberschenkel; der Finger am Abzug. Eben erreiche ich die Saaltür und will sie durchschreiten, als der Narbenbär ruft, ob ich den Hünen umarmen wolle.

»Ich werde da unten killen, was atmet.«

»Nie im Leben bringst du das übers Herz!« Begleitet von

Karl, schreitet der Narbenbär mir hinterher. Unterwegs weist er die Vor-Herrschaft an, das Fest fertig vorzubereiten und gut auf die Hühner aufzupassen. Nicht zu vergessen, regelmäßig die Häute mit Bratensaft zu übergießen. Keine Stellen zu übersehen. So werde die Haut herzhaft knusprig. »Fordere dir nicht zu viel ab«, rät er mir und tätschelt mich. »Die Folgen deines Plans träfen dich mit derselben Wucht wie uns. Die Sache wäre einfach vorbei. Wir würden in eine Existenz ohne jede Hoffnung stürzen. Im schwarzen Sand könnten wir warten, bis einer nach dem anderen stirbt. In einer solchen Situation werden die Mutigen am Abzug rasch die Oberhand gewinnen. Einige Vor-Herren, ob feig oder nicht, meinen seit Jahren, sie hätten nichts mehr zu verlieren. Vor ihnen müsstest du besonders auf der Hut sein. Dein Finger hat eben kläglich versagt, wieso solltest du dich dann auf ihn verlassen können? Da deine Wut auf mich am größten ist, wird es dir bei anderen Vor-Herren noch schwerer fallen, abzudrücken. Angst vergeht nicht, wenn du keine Angst mehr haben willst. Du müsstest das Töten deiner eigenen Leute wiederholt praktizieren, um die Furcht davor zu überwinden. Also schwafle keinen Unfug. Niemand wird sterben, außer der Frau. Darf ich dir die Tür aufhalten?«

Um Haltung bemüht, nehme ich die Geste an. Karl würdige ich keines Blickes.

Der Narbenbär und Karl streifen neben mir her wie Wölfe.

»Ist es notwendig, dass du nackt bist?«

»Marzi, deine Fähigkeit, vorauszuschauen, ist kümmerlich. Mein Anblick wird die Gefangenen einschüchtern, was sonst? Sie werden denken, die gesamte Vor-Herrschaft wäre derart geschunden worden. Von vornherein werden sie uns gebührenden Respekt erweisen. Dass ihr beide – Dass niemand sonst annähernd so aussieht, bleibt unser klitze-kleines Geheimnis. Spielt das Spiel mit und gebt euch an-griffslustig. Ihr werdet staunen, wie viel das bewirkt.«

Ich bin skeptisch und schaue zu Karl. Die Furcht steht ihm ins Gesicht geschrieben. Der Narbenbär bemerkt nicht, dass sich vor seinen Augen unsere Blicke kreuzen. »Du irrst dich. Nicht mir fehlt die Voraussicht, sondern dir die Fähigkeit, Angelegenheiten objektiv zu betrachten. Alles dreht sich um dich. Der Hüne zermalmt so schnell deinen Kopf, dass du nicht miterlebst, wie du stirbst.

DRUCK – ENDE.

So läuft es da unten, wenn du nicht permanent auf der Hut bist. Sie mögen nur zu zweit sein, aber es ist ihr Re-vier. An einem falschen Stollen vorbei, können sie plötz-lich hinter uns geraten. Willst du den Hünen im Nacken haben? Ich nicht.«

»Totholz – Marzi.«

Ich lasse es, weil es zu nichts führt. Er wird hinter je-dem Wort eine Herausforderung wittern und sein Gewinsel um Schläge fortsetzen. Ich widme meine Aufmerksamkeit Karl. »Je intensiver ich darüber nachdenke, desto eher glaube ich, dass Ihr Vorschlag richtig ist. Eine neuerliche Visite im Untergrund wird den Tag vorantreiben. Herr Flanell wird verdutzt sein, wenn er mich wiedersieht.«

»Auf ihn würden Sie schießen. Halten Sie sich das vor Augen.«

»Würde ich«, würge ich hervor. »Selbstverständlich würde ich auf den Hünen schießen. Was soll Ihr blödes Gerede? Wer würde nicht auf ihn schießen? Aber ihn überhastet aus dem Weg zu räumen wäre unverantwortlich. Schoasch wird straucheln, wenn er die Puppenschau alleine bewerkstelligen muss.«

»Das Puppenstück ist ein Theater!«, stößt Karl hervor. »Wer weiß, was währenddessen geschieht? Haben Sie eine Ahnung, wann man die Ankunft des Mutterhuhns erwartet?«

»...«

»Das ist das Schlimmste! Ein gigantisches Huhn rast auf die Erde zu und niemand weiß, wo es sich befindet.«

Ich kann ihm nicht widersprechen. Nur der Bote soll Königin Herta einmal munkeln gehört haben, niemand würde das Mutterhuhn übersehen. Es dränge die Sonne zur Seite.

Den Lauf des Geschehens kaum beeinflussen zu können, ernüchtert. »Vergewissern wir uns, dass die Frau tot ist, und warten danach ab, was der Bote zu berichten hat. Solange wir nicht wissen, was er mit seinem voreiligen Besuch angerichtet hat, bleibt alles, was wir bereden, reine Spekulation. Tief in meinem Inneren glaube ich aber, dass wir noch einmal mit dem Schrecken davonkommen werden.«

»Als begleite ich zwei Hühner in den Stall.«

Der Narbenbär spricht an und aus, was ihm in den Sinn kommt, und erspart sich jedes Sympathiegehabe. Mit seinem Handeln härtet er Seelen ab; verstärkt gewollt die Abgebrühtheit seiner Zielobjekte im Umgang mit ihren heimlichen Defiziten. Ihm traue ich wahrhaftig zu, dass er unsere anstehende Reise überlebt. »Was der Narbenbär denken mag?«, sage ich und fühle mich mangels eines Kommentars bestätigt.

»Er bewegt sich wie ferngesteuert, Herr Oberkommandoführer, kurios. Meinen Sie, er bekommt noch etwas mit? Haben Sie Bedenken, dass er im Untergrund weitreichende Schäden anrichten kann?«

»Das Szenario des Sitzens im schwarzen Sand wäre dann Wirklichkeit. Ich bin ehrlich: Darauf habe ich keine Lust. Sind Sie konsequenter am Abzug, wenn es ums Töten der eigenen Leute geht? Sie grillen ebenso wenig Ihr *Polohuhn,* nur weil Sie Hunger haben.«

»Nie im Leben, Herr Oberkommandoführer! Aber reden wir davon nicht. Wie haben die Gefangenen vorhin auf Sie reagiert? Sie und der Alte sind einander schon lange nicht mehr gegenübergestanden.«

Ich spare es mir zu antworten, erblicke die Hochsicherheitstür und spüre, wie alles von vorne beginnt.

8

GEISSGESTALTUNG

»Bring sie zu mir! Ich verwandle die Bock-Spinne in eine noch nie dagewesene Puppe.« Halte ich mich an meine Vorstellung, wird ihr Lachen das Andenken verkörpern, auf das das Königspaar verzichten will. »Nein, ein Souvenir braucht es.« Die Mittelschicht hat uns Lebenszeit gekostet, war uns aber, historisch betrachtet, von großem Nutzen. Auf ihrem Rücken haben wir Jahrtausende problemlos überdauert. »Da kommen Sie ja! Hochachtungsvoll, mir altem Gutmenschen die Ehre zu erweisen. Nett tragen Sie die Spinne. Wo hast du dich herumgetrieben? Wirf sie ab und mach dich an die Arbeit.

Was? Die Lippen übernehme ich, ja. Ansonsten will ich sie nur im Höhlenofen sehen. Schmoo-ren. Beweise noch einmal dein herausragendes Geschick im Umgang mit Toten. Ihr Lachen nimmt in meinem Geist rasant Gestalt an. Nichts davon darf verloren gehen.«

☆

GE

GESTALT

GEISTGESTALT

BOCKSPINNENGEIST

BOCKSPINNENGEISSGESTALT

ZIEGE

Eine, in eine Kühltruhe gepfercht, mit wenigen Flocken Müsli am Tag, gäbe jeden Morgen frische Milch zum Frühstück. »So vieles zu bedenken! Ich denke daran, Land zu bewirtschaften, was hältst du davon? Was ist mit dir?« Etwas stimmt nicht mit ihm. Genau erkenne ich es nicht. Seine Gesichtsausdrücke sind selten auf den ersten Blick zu verstehen. Jedenfalls macht er keine Anstalten, die Leiche abzulegen. »Was ist passiert nach ihrem Tod, das ich wissen sollte? Oder betrachtest du die Leiche als deine Trophäe und trägst sie fortan als Schulterschmuck? Du Häuptling. Dann mal dich gleich auch an! Was ist mit deinem Lid? Wieso zuckt es nicht? Sei froh, dass ich heute in besonderer Laune bin. Anderenfalls würd ich dir die Leiche aufsetzen.«

»Versuch es.«

»*WA* – was fällt dir ein, wie du mit mir redest, du –«

»Du hast meine Erlaubnis, Schoasch. Hol dir die Frau, und ich brech dir die Knochen. Einfach so: *knack*.« Selbstsicher eine Grimmasse ziehend ahmt er das Zerbrechen nach.

Zuletzt also begreift er, dass er mir körperlich überlegen ist. Wahre dir doch bitte deinen mikroskopischen Verstand. »Üb keine Rache, Liokobo. Gewalt und Gegengewalt führen uns beide ins Verderben. Denk nach! Alleine ist es dir unmöglich, eine Puppe zu erschaffen, die den irrwitzigen Ansprüchen des Königspaars genügt. Du vollbringst keinen geraden Strich mit dem Pinsel. Wie willst du ein Lachen malen, dass das Königspaar betört? Du *brauchst* mich, wenn dir deine Freiheit wichtig ist. Das ist sie dir doch, nicht wahr??! Deine Freiheit *ist* dir wichtig.

FREIHEIT, LIOKOBO.
WICHTIG.

Unsere Geschicke waren und sind noch für einen Tag
aneinander gebunden. Anschließend wirst du mich für immer los sein.« Ich fessle ihn mit meinem Blick und weiß,
dass ich ihn verunsichert habe. Wörter und schöne Sätze
reichen ihm nicht, den Inhalt von Gesagtem zu erfassen.
Liokobo mag die Kost aufbereitet. Beispiele und simple
Erklärungen, die ihm veranschaulichen, was zwischen den
Zeilen lauert. *Dass* dazwischen etwas lauert. »Die Vorstellung persönlicher Freiheit überwiegt jeden Zorn. Spürst du
es? Das Kribbeln in deinem Bauch ist deine Freiheit. Der
Urteilsspruch des Königspaars ist die letzte Hürde. Vergiss
deine Rachegelüste oder nutze deine Gefühlswallungen, um
kreativ zu sein. Möchtest du mit einem einfachen Pinselstrich zur Vollendung der Lippen beitragen?«

Er ist völlig verdutzt. Ob ihm bewusst ist, dass er mit
seinen Fingern den Wadenmuskel der Leiche streichelt?

»Ich dränge dich nicht, aber bist du dir dessen bewusst,
dass wir beide sterben werden, wenn wir nicht zu arbeiten
beginnen? Du kannst die Zeit nicht einfach zurückdrehen,
um Geschehenes ungeschehen zu machen. Und sie bleibt
auch nicht stehen. Wir müssen anfangen!«

»Sie ist nicht tot, Schoasch, nur entkräftet. Ich hab ihr
zu Essen gegeben und Wasser, damit ihre Stimme nicht
mehr so kratzig klingt. Diese Frau steht von jetzt an unter
meinem Schutz.«

»Sie ist zusammengesackt wie ein Sack, sie muss —«

»Akzeptier, dass wir einen anderen Weg finden werden müssen. Diese Frau stirbt nicht. Nicht heute und nicht solange ich da bin, der sie schützt.«

»Liokobo, sie wird eines Tages sterben, das wirst du nicht verhindern können. Alles stirbt irgendwann und wird von Würmern zerfressen.«

»Sie nicht!!!«

Es ist aussichtslos, den Hünen zur Vernunft zu bringen. Wenn sie lebt und er beschlossen hat, daran nichts ändern zu wollen, muss ich nach einem neuen Weg suchen, meine Freiheit zu erlangen. »Liokobo, was hältst du von einem Kompromiss?«

»Sag!«

»Wir schenken der Leiche das Leben, schießen ein paar ausdrucksstarke Fotos von ihr und sperren sie bis zum Ende des Puppenstücks im Keller ein. Nach den Bildvorlagen modelliere ich die Puppe und du holst die Frau morgen als freier Mann zu dir. Machen wir es so?«

»Weshalb willst du sie wegsperren?«

»Du Tro –«

»Ich steh zu meinem Wort.«

»Alles Andere wäre zu gefährlich! Die Huhnschicht steht genau wie wir unter Strom wegen des Theaters. Die Vor-Herren könnten misstrauisch werden, wenn sie deine dumme Bühnenszene hinterfragen. Du bist so dämlich! Sie hätten uns die Arbeit an Ort und Stelle abgenommen. Stattdessen verschwenden wir wertvolle Zeit und die Bock-Spinne ist immer noch am Leben! Hat sogar schon gespeist – schöön – und aalglatte Stimmbänder. Weil der Hüne auch an Wasser für die Brautkehle gedacht hat! Es erschüttert mich, mit anzusehen, wie du, mein *Freund,* deine Zukunft wegwirfst; wie ein Taschentuch! Hab Vertrauen und erkenne, dass dein Leben in Kürze neu beginnt.« Ich beobachte ihn. Langsam glaube ich, dass er schlauer ist, als ich immer dachte. Hat er sich tatsächlich mit der Frau unterhalten? Worüber? »Wir zanken wie Streithähne! Kommen wir zur Vernunft.«

»Zerbrich dir um deine und meine Freiheit nicht zu viel den Kopf. Uns wird es bald gutgehen. Ich werde mich jetzt da hinsetzen, der Frau die Beine streicheln und dir zusehen, wie du eine Puppe formst. Die Porzellanmasse liegt im Regal. Es ist die letzte, die wir besitzen.

Soll dir die Frau etwa Modell liegen? Warum zögerst du? Gib Acht, ihre Akzente einwandfrei umzusetzen. Sie vertritt die Mittelschicht und wir wollen nicht, dass sie heute Abend in falschem Glanz erstrahlt.« Lässig nimmt Liokobo neben mir Platz und betrachtet mich, als erwarte er von mir eine exklusive Darbietung meiner Kunstfertigkeit.

»Was wird das? Reißt du das Spiel an dich?«

»Kein Spiel, Schoasch, nein, nicht spielen. Ich sehe bloß ein, dass es richtig ist, dir nur beizustehen. *Du* bist unser Los nach draußen. *Du* wirst uns aus diesem Höhlengefängnis bringen. Vollbringe nun eine schöne Puppe! Ich werde zuschauen und aufpassen, dass ich etwas lerne von dir. Das Kribbeln in meinem Bauch fühlt sich magisch an. Wenn dies das Gefühl von Freiheit ist, dann mag ich mehr davon genießen. Gestalte unsere Freiheit! Ich weiß nun, dass sie wertvoll ist.«

Ich bin sprachlos. Von ganzer Seele will ich ihm klarmachen, dass er das einfältigste Geschöpf ist, das unseren Planeten belebt. Er würde nichts verstehen. Oder? Ist Liokobo ein Trottel oder nicht? Bin ich ab sofort –

»Schoasch. Fang an.«

Er verliert den Verstand! Die Frau muss ihm in Windeseile verständlich gemacht haben, dass er ein Hüne ist. Wie recht sie hat! Da lässt sich die Bock-Spinne zur Belohnung gleich mit in die Freiheit nehmen. Nie hätte ich die beiden zurücklassen dürfen.

»Schau, die Frau möchte dir beim Werken zusehen. Ich hab ihr einiges von dir erzählt. Sie ist neugierig auf dein Pinseltalent. Zuerst bring aber die Puppe in Form. Da: die Porzellanmasse; im Regal.«

Gedemütigt und verstört bin ich Zeuge, wie Liokobo die Frau auf seinem Schoß festhält und positioniert, als begutachte sie meine Arbeit. Ohne ihn aus den Augen zu lassen, gehe ich zum Regal und überlege, ob die halbe Masse Porzellan ausreicht. Da er will, dass ich sie authentisch erschaffe, könnte ich sogar weniger verwenden. Ich werde ihren Kopf überproportional groß modellieren. Das schafft Platz für ein denkwürdiges Lachen und beseitigt die Gefahr, das Königspaar könnte glauben, ich wollte mir Mühen ersparen. Vor Publikum zu erklären, es wäre Liokobos Einfall gewesen, die Puppe zaundürr zu gestalten, klingt in der Theorie nett.

Das Ende meines künstlerischen Schaffens entwickelt sich anders, als angenommen. Aber innerlich trägt mich die Überzeugung, dass ich daraus noch persönlichen Profit ziehen werde.

»Schoasch ist tief in seine Arbeit versunken«, spricht Liokobo mit seiner schlafenden Schönheit. Ich vollziehe nicht mehr nach, was sich hier abspielt: Ob er irre wird oder mit der Frau längst eigene Pläne verfolgt. Er hat die Angelegenheit kunstvoll zum Verschwimmen gebracht. Ich nehme ihm sein Verhalten nicht übel. Liokobo kennt allein die Gefangenschaft und das, wozu man ihn zwang. Sämtliche Erfahrungen zusammen machen ihn zu dem, der er heute ist. Was er nun abzieht, ist seine Art der Rache. Glücklicherweise fällt sie mickrig aus. Er tötet nicht einmal Krabbeltiere. Macht Bögen um sie, so weit geht seine Nächstenliebe. »Woran Schoasch wohl gerade denken mag?« Er hat sich dir gegenüber doch nicht als Höhlen-Prinz ausgegeben, der von nichts gewusst haben will? »Erinnere dich an die Leichen und was du mit ihnen angestellt hast. Es mag egal sein, ob die Frau davon erfährt. Die Wahrheit erweckt die Mittelschicht nicht wieder zum Leben. Aber sie sitzt auf deinem Schoß.«

»Du formst einen viel zu großen Kopf! Schau her, maximal halb so groß.«

»Das Königspaar wird stutzig werden, wenn die Puppe zu klein ausfällt. Ich benötige mehr Platz für ihr Lachen.«

»Dann hättest du die ganze Masse verwendet! Du treibst ein Spiel, nicht wahr?«

»Nein, Liokobo, ich spiele nicht. Eine aufsehenerregende Puppe wird das Königspaar besänftigen. Zerbrich dir um mein handwerkliches Geschick und mein Denkvermögen nicht den Kopf. Alles funktioniert tadellos.

Willst du mit der Frau ein Haus errichten? Oder seid ihr

noch nicht so weit, ein gemeinsames Heim zu beziehen? Ihr wollt euch zuvor kennenlernen. Dann Ringe anstecken und so weiter. Hast du sie nach ihrer Schicht-Abstammung gefragt? Sie hat vorhin nach der Unterschicht geschrien. Ob sie sich nur vertan hat, weil alles so schnell ging? Wenn sie der Unterschicht entstammt und begreift, dass sie ein ganzes Zeitalter verpasst hat, könnte es hier unbehaglich werden.«

»Konzentrier dich auf die Puppe und beschäftige dich nicht mit Themen, die dich nichts angehen. Ich hab ihr ebenso von mir erzählt, falls du deswegen besorgt bist. Sie hat mir verziehen.«

»Du hast deinen Spaß mit mir, das könnte sich bitter rächen. Mir könnte die Puppe *misslingen*. Du würdest davorstehen und applaudieren. Danach kröchest du zurück in deine Gefangenschaft, unwissend, warum, während ich in meine Freiheit stapfe.«

»Das Königspaar verabscheut dich und mich gleichermaßen. Du kannst nichts unternehmen, das ausschließlich dir die Freiheit bringt. Läuft etwas schief, bleiben wir alle da. Bemüh dich lieber, dass das Königspaar große Augen bekommt, und hör auf, Schreckensszenarien zu malen.«

Liokobo gibt nichts preis, ich kann sagen, was ich will. Die Zeit wird zeigen, was geschieht.

9

ROTE, ROTE FARBE

Der Lektor hat mein Manuskript ins Spiel einbezogen. Das rote Meer darauf mutet an, als hätte ich ihm während der Niederschrift gerade ein Mindestmaß an Aufmerksamkeit gewidmet. Keine Zeile blieb verschont!

»Sie haben nicht gespart mit roter Farbe.«

»Lass dich davon nicht irritieren, Lisa. Lektoren sind – Du verzeihst mir, dass ich bei unseren Gesprächen den männlichen Bezeichnungen unserer Zünfte den Vorzug gebe?«

»Sparen wir uns das Gegendere, es lenkt nur ab von Wichtigem.«

»Nun denn. Ich habe dein Manuskript mehrmals gelesen, mein Wort darauf. Sowohl für Autoren als auch für Lektoren ist es wichtig, ein Manuskript aus verschiedenen Blickwinkeln zu beleuchten. Einmal überfliegen gewährt lediglich einen Überblick. Der Teufel versteckt sich stets im Detail. Dein Werk ist beachtenswert, auch ohne rote Farbe. Aber mir ist niemals ein Manuskript in die Hände gefallen, bei dem der Rotstift keine Rolle spielte. Interpretiere die rote Farbe jedoch nicht falsch. Ohne sie läuft nichts.«

»Das tue ich nicht, ich bin bloß neugierig, was Sie über das letzte Kapitel sagen.«

»Du bist sprunghaft, das sag ich dir, und noch zu selbstverliebt«, sagt der Lektor und blättert im Manuskript. »Du hattest keinen blassen Schimmer, wie die Geschichte weitergehen soll, richtig?«

»Woran haben Sie das erkannt?« Ich spüre, wie mir die Schamesröte ins Gesicht steigt.

»Nicht doch, Lisa, bloß keine Scham! Du würdest dich wundern über die eine oder andere Entwicklungsgeschichte von Bravourstücken, deren Urheber beim Abfassen dem Wahnsinn verfielen; oder diesem nur um ein Haar entrinnen konnten. Geschundene Seelen, die die Brutalität und Tristesse intensiver Schaffensperioden bis zu ihrem Tode mit sich schleppen. Schriftsteller greifen meist aus einem Impuls zur Feder. Aber selten werden aus diesem handfeste Geschichten. Erst das stete Aneinanderreihen unzähliger Impulsergüsse führt die Willigsten unter ihnen zum ersehnten Sieg.«

»Es hat gedauert, bis ich mir das eingestand: Nicht zu wissen, wie oder wo ich dieses Textfragment einordnen sollte.«

»Damit bist du nicht allein.

Michael Ende benötigte seinerzeit Monate Abstand zu seinem Werk, um Klarheit darüber zu erlangen, wie Bastian gegen Ende seiner bewegten Reise Fantasien glaubhaft wieder verlassen kann. Entsinne ich mich korrekt, geschah es während eines Japan-Aufenthaltes, dass er Bastians Rückkehr plötzlich scharf vor seinen Augen sah. Bloß ein Kinderbuch, möge man meinen, doch wirken stets und überall dieselben Mechanismen. Der Veröffentlichungstermin musste etliche Male verschoben werden. Heute zählt *Die Unendliche Geschichte* unumstritten zu den bedeutendsten Kinderbüchern auf der ganzen Welt.

Qualität vor Quantität, das ist das Um und Auf für jede

erzählte Geschichte. Also erfreuen wir uns daran, dass es rote Farbe gibt, und ärgern uns nicht, dass alles seine Zeit braucht. Zu deinem Herzenskapitel gelangen wir schneller, als du glaubst.«

»Ich sehe, Sie haben sogar die Stelle markiert, an der Sie zum Kuchen greifen. Weshalb?« Es ist respektlos, selbst an einer solchen Kleinigkeit etwas auszusetzen zu haben. Ich ärgere mich. Alles muss ich durchleben, was ich je gelesen habe über den aussichtslosen Weg zur Veröffentlichung des Debütromans. Die unzähligen Ablehnungen; die Zweifel; die Kraft, die es einem abverlangt, permanent schützend die Hand über die eigene Schöpfung halten zu müssen. Auf dass sie nicht ungeboren zurückbleibt. Es zehrt an mir, und dann streicht er den Kuchen an! »Bitte verraten Sie mir, was Sie beim Kuchen vermerkt haben.«

Der Lektor streckt die Lippen zu einem Lächeln und zitiert seinen Vermerk: »Wieso der Kuchen?«

Ich war mir sicher, auf jede Frage zu meinem Werk antworten zu können. Warum auf diese nicht? Wieso der Kuchen? Wieso fragt er mich danach?

»Ja, ja, Lisa«, sagt der Lektor mit einem Blick, als sei er mir Äonen voraus. »Schon mit solcherlei Kleinigkeiten reiten sich Schriftsteller oft in ein Schlamassel. Merkst du es? Oh, wieso sagst du nicht, dass deine Tasse leer ist?«

Schwerfällig trägt sich der Lektor Richtung Nische, um die Kaffeekanne zu holen. Ein Reflex lässt mich immer wieder hochfahren, um ihn rechtzeitig stützen zu können, wenn er stürzt. Es verkommt zur Seltsamkeit, was hier und jetzt geschieht. Ich freue mich, dass ich hier bin, beim edelmütigsten Lektor, von dem alle Welt spricht; der, alt und weise, mit letzter Kraft mit Kaffee ringt. Und verspüre dennoch vehement das anhaltende Ziehen in meinem Innersten. Seine dominante Weisheit, die er so besorgt mitteilt, dass es mich berührt. Lebt er noch lange genug, um mir Hilfe und Begleitung zu sein? Benutze ich ihn? Brauche ich ihn? »Alice, haben wir Zucker am Tisch? Sieh bitte nach.«

Alice betritt den Raum und lächelt mir schüchtern zu. Ich kann schwer einschätzen, wer sie ist, welche Rolle sie einnimmt in meiner Geschichte. Ein weißes Licht umhüllt sie. Die Farbe ihres Haars, ich wage nicht, sie zu beschreiben, so glatt und stilvoll fällt es herab – ihr bezauberndes Gesicht. Auf eine seltsame Weise erregt es mich, ihre verstohlenen Blicke zu erwidern. »Wenn Sie erlauben, Meister, Sie trinken übermäßig viel Kaffee in letzter Zeit. Fühlen Sie sich bereits sehr müde?«, sagt sie, mit einer Stimme, die in mir unerhörte Müdigkeit weckt. Ich wehre mich nicht gegen das Alter in ihrer Stimme, das nicht zu ihrer Erscheinung passt. Ihr Anblick ist hell und zart, unschuldig wie ein Sprössling, dem ein Bröckchen Erde am Kopf hängt. Wie vermag es ihre Stimme, diese angenehme Müdigkeit in mir zu verbreiten?

»Wieso der Kuchen, Lisa? Welche Rolle spielt er?«

»Darf ich es als meinen Stil erachten, nie zu wissen, was weiterfolgt?«

»Da!«, ruft der Lektor durch den Raum, wirft seine Hände in die Luft und lacht. »Das Stichwort!«

Müde blicke ich ihn an; will ihm verständlich machen, keine Ahnung zu haben, wovon er spricht. »Welches Stichwort?«

»Der *Stil!* Du hast ihn entdeckt.«

»Jeder ernstzunehmende Schriftsteller muss ihn finden. Ansonsten wird er nie dort ankommen, wo er hin will.«

»Beschreibe das Gefühl, als du tief in dir wusstest, du hast ihn.«

»Betörend!«

»Geht einem durch Fleisch und Knochen, ist es nicht so?«, sagt der Lektor, selbst bis in die Knochen erregt.

»So ist es«, sage ich und bin authentisch. »Es ist das Erregendste, diese bitterste Prüfung zu überstehen. Sich einsam durch ein Dornenfeld zu kämpfen, in welche Qualen man sich auch verstrickt und sich festzukrallen an den tiefsten Wurzeln seiner Zweifel. Selbstzerstörerisch! Aber eines Tages lässt man das Gestrüpp hinter sich, mit der Gewissheit, in Zukunft jeden Gedanken nach Belieben erfassen zu können.«

»Exzellent! Jeder Schriftsteller beschreibt dies´ stete Wunder in eig´ner Art. Wie lange musste ich warten, um es ein letztes Mal genießen zu dürfen! Oh, Alice, bitte bring uns Wein!

Du wählst also den Mittelweg zwischen Realität und Romantik. Es ist wahrhaft jedes Jahrzehnt wert, das es ab und an dauert, bis solche Fragen wieder von Wert sind.«

»Es hängt in der Tat alles von der Diktion ab«, sage ich, während Alice uns den Wein serviert. »Solange sich noch kein eigener Stil gefestigt hat, ist jeder Gedanke blanke Arbeit. Man benutzt beim Schreiben dieselben Wörter wie später, aber weiß insgeheim, dass irgendetwas fehlt. Man liest jeden Text wieder und wieder. Wachsam wie ein ausgehungertes Raubtier und findet doch keine Lösung. Exakt dann braucht es Abstand. Man muss dem Leben vortäuschen, seine Leidenschaft aufzugeben, aber alle Sinne da belassen; sich im hohen Gras auf die Lauer legen und im richtigen Moment blitzschnell zuschnappen.«

»Sprich weiter, Lisa, sprich weiter, deine Worte lassen mein altes Herz vor Freude springen.«

»Den eigenen Stil zu finden ist, wovon die eigene Weiterentwicklung abhängt. Das unumgängliche, achtungsvolle Loslösen von seinen frühen Idolen. Diesen wortgewaltigen Schriftstellern, die einem anfangs durch ihr gebundenes Wirken Eindrücke vermitteln, wie Gedanken schriftlich zur Welt gelangen. Man verehrt sie schnell, beneidet sie, und ist letztendlich enttäuscht von sich, seinen eigenen Erwartungen noch nicht gerecht geworden zu sein. Diese literarischen Kapazunder und man selbst schrauben die Messlatten in derartige Höhen, dass sie kaum erreichbar sind in einem vergänglichen Menschenleben. Trotzdem ist es unvermeidlich, seinen Stil zu finden. Sonst scheint einem alles zufällig und der Glaube an die eigene Arbeit bleibt beständig erschüttert.

Als ich ihn fand, fühlte ich mich wie ein Vogel. Wie ein *freier* Vogel, der aus Jux und Albernheit in der Luft nach Insekten schnappte. Ich spürte den Wind unter meinen Federn und suchte nicht aus den Augenwinkeln nach Gelegenheiten, um zu landen. Man muss es erleben, um es zu verstehen: das Gefühl, zu fliegen. Obwohl man lediglich eine Feder in pechschwarze Tinte taucht.

Es ist betörend.«

10

GEHEIMNISKRÄMEREI

Befinde ich mich in Lebensgefahr? »Mike? Wir werden lernen müssen, miteinander auszukommen, wenn uns das Königspaar auf der Erde zurücklässt.«

»…«

»Antworten Sie.«

»Lassen wir Mensch Bote allein und bereiten das Theater vor.«

»Was habt *ihr* für das Theater vorzubereiten?«

»Sie dürfen gerne in das Geschehen eingreifen. Niemand kann vorhersagen, *wer heute wohin* fliegen wird. Zum Schluss kommt vielleicht alles anders, als es sich die Menschheit vorstellt. Sie wissen in Wahrheit nichts, Mensch Bote. Obwohl Sie in engem Kontakt zur Königsfamilie stehen.«

Das Königspaar – das Biest. »Es bestimmt mein Leben.«

»Wer?«

»*Es.*«

»Mensch Biest?«, fragt Mike geheimnistuerisch. »Unser Mitgefühl mit Ihnen hält sich in Grenzen. Denken Sie nach und hinterfragen ebenso Ihre Rolle im System kritisch.«

»Mein Gedächtnis ist genesen und kristallklar. Mein Gewissen leidet nicht darunter. Im Gegenteil: Ich finde es schade, dass die Geschichte ein Ende nimmt und wir uns damit auseinandersetzen müssen, wie es weitergeht.« Die Hühner werden unruhig. »Der Mittelschicht den Garaus zu machen, um dem Bau eines größeren Raumschiffes zu entgehen – wenn Sie mich fragen, Mike: raffiniert. So geschehen leider auch auf unsere Kosten.«

»Sie müssen sich keine Gedanken über Ihre Zukunft machen. Verwenden Sie den Rest Ihrer Zeit für die Suche nach einem Körnchen Reue in Ihrer Seele.«

»Ich bereue nichts und damit ist die Suche beendet.«

Ein Schlagbohrhuhn verliert jeden Augenblick die Beherrschung. Es hämmert tollwütig auf den Boden ein.

»*Schlagbirne,* aufhören!«

»Puut, put, put!«

»Sparen Sie sich die Provokationen«, mahnt mich Mike und ruft Schlagbirne zur Besinnung auf. »Lasst euch nicht anstacheln! Mensch Bote sitzt in der Falle, er hat keine andere Wahl. Ignoriert ihn. Wir haben Wichtigeres zu tun. An die Arbeit!«

Die Hühner toben.

»Was plant ihr miesen –«

»Seien Sie unser Gast. Lassen Sie sich überraschen.«

»Das Königspaar wird euch niedermetzeln.«

»Sie interessierten sich bisher nicht für uns und werden heute nicht damit anfangen. Ich verspreche Ihnen jedoch allgemeine Verzückung.«

»Hühner, hört mir zu! Mike benutzt euch! Verfallt ihm nicht! Es mag sein, dass die Vor-Herrschaft in den Anfangszeiten zu euch etwas grob war, aber wie hätten wir sonst so toll zueinander finden können? Jedes Huhn muss zugeben, dass es ihm in unserer Obhut an nichts fehlte.«

»...«

»Letzten Endes liebt ihr es, von uns geritten zu werden. Stellt euch nicht so an und blickt der Wahrheit ins Gesicht: Mike verführt euch. Mike?«

»Die Liebe eines Huhnes zum Mutterhuhn reicht weit über Ihre jämmerlichen Anbiederungsversuche hinaus. Ihr Geschwätz erübrigt sich. Der heutige Tag ist unser Tag. Die Menschheit wird nur eine Nebenrolle spielen. Sie, Mensch Bote, können nichts tun, um das zu verhindern.«

Er hat recht: Ich bin machtlos. Verbindung zur Vor-Herrschaft herzustellen ist unmöglich; gegen die Hühner vorzugehen genauso. Bleibt zu hoffen, dass ein Vor-Herr in der Zuchtstation vorbeischaut und das Aufbegehren der Hühner dem Königspaar meldet. Bloß wer? Sind die Festvorbereitungen noch im Gange?

»Mensch Bote. Ein *Sicherheitshuhn* wird Sie bewachen. Überstrapazieren Sie nicht sein Nervenkleid. Schade um die traumhaften Bilder, die Ihnen entgehen werden. Auf, auf, Hühner!«

Die generelle Sicherheit garantiert seit jeher die Vor-Herrschaft. Es existieren keine Sicherheitshühner.

»Falsch«, vernehme ich eine widerwärtige Stimme.

»Ich habe kein Wort – gesagt.«

»Gewöhnen Sie sich an mich.«

»Gewöhnen? Daran, dass ein Huhn meine Gedanken liest? Hab mich gern. Du *Huhn!* Lies mit.« Ich mache einige Schritte zur Seite und ertaste eine grobkörnige Wand. Behutsam gehe ich diese entlang und erwarte, dass mich das Sicherheitshuhn zurückpfeift. Es pfeift jedoch nicht und lässt auch sonst nichts von sich hören. »Mike? Wo seid ihr?«

Die jähe Stille in der Zuchtstation ist beklemmend. Worauf bereiten sich die Hühner vor? Was ist mit dem Mutterhuhn? Es soll heute ankommen, aber noch hat es niemand am Himmel ausmachen können. Verschweigt uns das Königspaar etwas? Durch das *Riesen-Teleskop* haben sie es bestimmt längst im Fokus. Würde mich das Biest zurücklassen?

»Ohne zu zögern – Bote.«

Das Sicherheitshuhn. Ich überhöre es und taste mich Schritt für Schritt weiter. Bloß: wohin? – Narbenbär! Die Frau war mausetot, sie kann nicht leben!

»Ich denke, sie und die Gefangenen beabsichtigen, der Vor-Herrschaft Umstände zu bereiten. Es war fahrlässig von Ihnen, nicht ihren Atem zu überprüfen. Nun beeinflusst die Frau die ungewisse Entwicklung.«

»Was wissen Sie über sie?«

»...«

»Natürlich antwortet das Sicherheitshuhn nicht. Wie sämtliche Hühner, wenn es brenzlig wird. Geht es um relevante Informationen, versiegen eure Stimmen. Hat der Narbenbär die Wahrheit verkündet und ich ihn unschuldig verprügelt?« Egal: Hiebe verdient er rund um die Uhr. Ein Türgriff! – Versperrt. Kraftlos sinke ich zu Boden.

»Bekommen Sie den Drachen gebändigt, werter Bote?«

»Sie?! Nehmen Sie mich auf den Arm? Ich finde keine Worte, um diese Tragödie darzustellen. Wie aufgezogen krabbelt das Biest im Palast auf und ab und sucht nach Erlegbarem. Auch jetzt, es zeigt sich bloß nicht. Wo waren

Sie in den letzten Monaten? Ich habe Sie kein einziges Mal gesehen.«

»Häufig baden.«

»Wegen der Bilder im Kopf?«

Der Blick des Vor-Herrn wirkt verzagt. »Werter Bote, Sie warteten damals außerhalb des Entbindungsgemachs. Drinnen war es bedrückender, als Sie es sich ausmalen können. Ich habe daraufhin das Königspaar um eine vorübergehende Erholungsphase ersucht.«

»Und die haben sie Ihnen zugesprochen? Verblüffend. Das Königspaar muss große Stücke auf Sie halten.«

»Auf alle Vor-Herren, die als Hebammen dienten. Uns nach den Strapazen eine Weile zu beurlauben, hatte einen weitreichenden Grund. Das Königspaar spielt mit dem Gedanken, die Dienste desselben Teams noch einmal zu beanspruchen.«

»Und Sie haben den Schock überwunden? Ich verneige mich vor Ihnen. Ich kämpfe täglich und dann verkünden Sie eine derartige Schreckensbotschaft. Noch ein Biest.«

»Ich verstehe Sie, werter Bote. Falls Sie je das Bedürfnis verspüren, über etwas zu sprechen, treten Sie ohne Scheu an mich heran. Niemand kann besser nachvollziehen, was in Ihnen vorgeht, als jemand, der mitverantwortlich ist, dass der Drache lebt. Aber wechseln wir das Thema. Hat die Königin wieder gesunden Appetit?«

»Appetit??! Sie lässt sich zu jeder Mahlzeit einen ganzen Hühnerhals servieren! Und sie isst oft, was zur Folge hat, dass man mit dem Schlachten von Speisehühnern nicht mehr nachkommt. Die *Kadaver-Berge* werden höher und höher, obwohl die Vor-Herrschaft verwertet, was sie kann. Ein Versuch, die Hühner zum Kannibalismus zu zwingen, schlug bedauerlicherweise fehl.«

»Sie sprechen von der Geschichte des *Krawalls in der Zuchtstation?* Die beteiligten Vor-Herren schweigen zu jenen Begebenheiten beharrlich. Unzählige Gerüchte sind im Umlauf. Bei einigen läuft einem förmlich ein kalter Schauer über den Rücken. Hoffentlich erfahren wir eines Tages, was wirklich geschehen ist. Jedenfalls weiß ich um die Problematik der Hühnerreste. Auch der König scheint zugelegt zu haben. Ob ihn etwas bedrückt?«

»Es wird eine Mischung aus vielen Dingen sein, die ihn – die uns alle anschwellen lassen. Das komfortable Reiten der Hühner hat uns träge gemacht. Kaum ein Vor-Herr unternimmt noch unnötige Fußmärsche.«

»Sie bringen es auf den Punkt. Die Fortschritte im Bereich der Hühnerzucht sind beachtlich und gleichermaßen besorgniserregend. Ich habe mir kürzlich ebenfalls ein Rennhuhn angeschafft; abgestimmt exakt auf meine Bedürfnisse.«

»Was kann es?«

»Laufen, werter Bote; pfeilschnell. Sie meinen aber wohl das Besondere an dem Huhn. Die Wirbelsäule. Ich habe angefragt, ob man diese zur Verringerung des Luftwiderstandes strecken könne. Eine *Buckel-Lehne* im unteren Rückenbereich verbessert überdies die Bodenhaftung des Huhns und ermöglicht bequemes Liegen bei gleichzeitig hohen Geschwindigkeiten.«

»Famos, was die Vor-Herren der Zuchtstation willens sind auszuprobieren.«

»Möchten Sie das Huhn seh´n?«

»Ich bitte Sie darum, ja, und ich sage Ihnen, warum. Weil kein Rennhuhn schneller läuft als meines. Trotz seines gewöhnlichen Skeletts, erreicht Karmonon Endgeschwindigkeiten, von denen Sie einzig träumen können.«

Der Vor-Herr wirkt siegessicher. »Gestatten wir uns einen Wettlauf und lassen das Ergebnis niemals zwischen uns stehen.«

»Zeit, die man nicht hat, muss man sich nehmen!« Die Gebeine an den Wänden des Palastes verlieren unmittelbar an Schrecken, wenn mich positive Gefühle durchfluten. Schon eine Weile habe ich Karmonon nicht mehr anständig die Sporen gegeben. Er liebt die Geschwindigkeit und ich liebe es, ihm diese abzuverlangen. »Welche Strecke laufen wir?«

»Bis zum Schlachthof sind es gut *1000* Meter. Treiben wir die Hühner ein paar Mal um den Palast herum, um ihre Muskulatur aufzuwärmen, und starten danach bei den königlichen Stallungen. Was ist mit dem Drachen? Sollten Sie ihn nicht anketten?«

»Erinnern Sie mich nicht. Vielleicht ist das Schicksal auf unserer Seite und das Biest verschluckt sich an einem Käfer.« Am Ende des Korridors ertappen wir es auf frischer Tat, wie es auf allen vieren hinter einer Säule nach Opfern sucht. »Keine Beachtung, haben Sie gehört! Schenken Sie dem Biest keinesfalls Beachtung, sonst gehören Sie ihm.« Ich beobachte es, wie es mich mit großen Augen verlogen anlächelt.

»Würde uns der Drache angreifen?«

»Das Biest ist völlig unberechenbar. Dieser Blick etwa verspricht:

SOWIE ICH SPRECHEN KANN, VERRATE ICH, WOFÜR DU IN DER DIENSTZEIT ZEIT FINDEST.

Und dieses Versprechen wird es auch halten.«

»Glauben Sie in der Tat, der Drache könnte mit einem derartigen Gedächtnis ausgestattet sein? Dann beträfe mich das ebenfalls.«

»Sein könnte? Denken Sie an meine Worte, wenn wir einander in ein paar Jahren die Spuren unseres Amüsements präsentieren.«

»...«

»Hie-be.«

Angsterfüllt passieren wir die Säule und nähern uns dem Ausgang, als es zu heulen anfängt. »Wehe!«, entfährt es mir. »Beeilen Sie sich!« Das Sirenengeheul des Biests im Nacken, laufen wir das letzte Stück Korridor entlang, reißen das Tor auf und verlassen den Palast.

»Endlich; draußen.«

»Der Drache ist absolut entsetzenerregend! Nicht auszuhalten, sich in denselben Räumlichkeiten mit ihm aufzuhalten. Wie ertragen Sie das bloß?« Dem Vor-Herrn genügt mein Blick und er weiß, wie es um mich steht. »Würden Sie sich besser fühlen, wenn ich Sie bemitleide? Wohl kaum, werter Bote. Konzentrieren wir uns auf das Rennen. Wollen Sie sich aufwärmen?«

»Zwei, drei Kniebeugen werden mir nicht schaden und zügige Schritte zum Aufwecken der Fußgelenke.« Gerade setze ich zur ersten Kniebeuge an, als ich neben Karmonon das Rennhuhn des Vor-Herrn erblicke. »Sagen Sie, ist das Ihr Huhn?!«

»Habe ich Ihnen zu viel versprochen?«

»Es ist gerupft!«

»Alles für die Geschwindigkeit. Es wurde sandgestrahlt und hochglanzpoliert.«

»Was sind das für eingebrannte Motive auf seiner Brust?«

»Pfeile. Sie symbolisieren den Charakter des Huhns. Es fliegt förmlich über den Boden.«

Durchdrungen vom Anblick dieses Rennhuhns, betrachte ich den Hals, der lanzenförmig nach vorne ragt. »Sieht das Huhn überhaupt etwas? Es ist gezwungen, auf den Boden zu starren.«

»Nein, das Huhn trägt seine Augen auf der Oberseite des Kopfes.«

»Es blickt geradeaus und nimmt nach unten hin Nahrung auf? Das stelle ich mir kompliziert vor.«

»Sie machen sich viel zu viele Gedanken, werter Bote. Wollen Sie ein Rennen laufen? Oder beschäftigen wir uns mit moralischen und ethischen Fragen der Hühnerzucht?«

»Was reden Sie, Sie verstehen mich falsch! Ich bin *begeistert* von diesem Huhn! Dieser Buck – die Buckel-Lehne! Phänomenal! Das Huhn ist getrimmt, nach vorne zu streben, niemals zu ermüden und jedes Rennen zu gewinnen. Wäre da nicht Karmonon. Karmonon wird selbst dieses Prachtstück von Rennhuhn hinter sich lassen. Verübeln Sie es mir nicht, aber Sie werden das Nachsehen haben.« Zwei tiefe Kniebeugen verlange ich mir ab, dann besteige ich Karmonon. Der Vor-Herr krault seinem Rennhuhn den

Kopf und sitzt ebenfalls auf. »Vor uns liegt ein seltener Moment von Freiheit. Kosten wir ihn aus, als wäre es der letzte.«

»Auf, auf, Hühner, durchbluten wir eure Muskulatur!«
»Auf ein historisches Rennen!«

11

ABGRÜNDIGES GESCHWÄTZ

enn wir auf die Gefangenen treffen, Karl, bleiben Sie ruhig und fokussiert. So habe ich mein Wortgefecht mit dem Hünen dominiert.«

»Und der Alte? Der braucht doch Strenge.«

»Nein, kitzeln Sie ihn an den richtigen Stellen und er schnurrt.« Finden der Narbenbär und Karl heraus, dass ich kein Wort mit dem Alten gewechselt habe, wird es noch schwerer werden, meine Stellung in der Vor-Herrschaft zu behaupten. Kleinigkeiten genügen und ich betrete das Raumschiff, wenn überhaupt, angeleint als Letzter.

Der Narbenbär murrt. »Es geht um den Atem der Frau, nicht um Schoasch.«

»Du bist zurück!«, ruft Karl.

Sein listiges Lachen verrät, dass er nie weg war.

»Wenn es stimmt, dass sie lebt, dann frage ich dich, weshalb wir im Untergrund Zeit verschwenden, anstatt den Boten zu suchen.«

»Um dich zum Gespött zu machen. Ob das Königspaar eine Stunde tobt, oder drei, ist egal. Den Auswirkungen ihres Zornes werden wir ohnehin nicht entgehen.«

Mit der Fackel in der Hand überlege ich. »Du lebst noch, weil niemand körperlich mit dir mithalten kann und aus Respekt keiner seine Waffe gegen dich erhebt.«

»Jede Diskussion darüber ist unnötig. Du hattest deine Chance.«

Hauche ich ihm das Leben aus, versinkt die Vor-Herrschaft im Chaos. Der Narbenbär ist es, der den Vor-Herren Halt und Hoffnung spendet; nicht ich.

»Zitterst du, Marzi? Abgesehen davon, dass der Hüne groß und stark ist, kann er auf keine Fähigkeiten zurückgreifen, die bedenklich wären. Verinnerliche das und deine Angst wird verfliegen.«

»Machen wir ihn kalt«, sagt Karl und, ohne zu zögern, will ich ihm den Befehl dazu erteilen. Obwohl –

Als ich ihn antraf, wirkte er im ersten Augenblick durch und durch verzweifelt. Es gelang ihm nicht, seine Tränen zu verbergen. Hat Herr Flanell ein Bewusstsein dafür entwickelt, was er all die Jahre über angerichtet hat? Ein Bewusstsein dafür, wozu man ihn zwang? Ein Bewusstsein dafür, dass die Leiche auf seiner Schulter die *letzte* Leiche ist und deshalb für ihn ein neuer Lebensabschnitt beginnt? Womöglich plagen den Hünen dieselben Ängste wie viele von uns. Die Angst vor der Zukunft; der eigenen Zukunft und die Angst, nicht zu wissen, wie viel Zukunft einem bleibt. Das Leben verläuft selten wie erträumt. »Ich hab es bis jetzt nicht erwähnt: Der Hüne hat geheult wie ein Kind. Ihr hättet es miterleben müssen, wie er die Leiche streichelte und zugleich alle Kraft aufbrachte, sich hünenhaft zu geben.«

»Die Frau spielte ihren Tod; eine einfache wie geniale Lösung«, sagt der Narbenbär und ich möchte – »Vertraut mir: Mein Spür- und Tastsinn sind im Gegensatz zu meiner

Riechkraft hochsensibel.«

»Also vergewissern wir uns. Dort vorne biegen wir ab, dann erreichen wir demnächst die Stelle, an der der Hüne saß.«

»Und der Alte?«, fragt Karl mit hoher Stimme.

»Den traf ich nachher.«

»Marzi. Führe das genauer aus. Hast du dich mit dem Alten unterhalten? Oder hast du in Wirklichkeit keinen Zeh in den Untergrund gesetzt? Wo warst du?«

Ich koche vor Wut und Demütigung. »Jeden einzelnen Schritt, den wir soeben setzen, bin ich gegangen! Verantwortung habe ich ergriffen. So tot kann sich kein Mensch stellen, wie diese Leiche ausgesehen hat.«

Beide verziehen ihre Lippen.

»Wie lauten die Abflugpläne? Hat sich der Bote je näher dazu geäußert? Karl? Narbenbär?«

»Im Anschluss an die Puppenschau Zusammenkunft am *Sand-Hauptplatz*«, sagt Karl und wagt es nicht noch einmal, nach dem Alten zu fragen.

Was wohl aus unseren Hühnern werden wird?

Nachdem wir sie endlich reiten konnten, waren die kommenden Zuchterfolge schier überwältigend. Mit Bomben bestückt jagten wir bald per Fernsteuerung *Kamikazehühner* in Dörfern und Städten in die Luft. Der zivile Schaden war beträchtlich, während wir uns in Sicherheit wussten. Die Ohnmacht der Gesellschaft nährte unsere Aktivität. »Denkt ihr, die Hühner werden die Erde besiedeln, wenn wir fortgeflogen sind? Oder sind sie zu abhängig von uns, um ihr

Weiterleben selbst zu organisieren?«

»Von ihrem bemerkenswerten Hunger nach menschlichen Innereien abgesehen, fressen sie Gestein«, erinnert mich der Narbenbär. »Sie verdauen es problemlos. Lässt das Königspaar vor unserer Abreise die Tore der Zuchtstation aufschließen, werden die Hühner genug Nahrung auf der Erde vorfinden, um einige Jahrhunderte zu überleben. Bis aber die nächsten Bäume und Sträucher wachsen – *wenn* je wieder welche wachsen sollten –, werden Jahrmillionen ins Land gehen und die Hühner keine Rolle mehr spielen in der Geschichte dieses ehemals blauen Planeten. Sie waren und sind Nutzhühner.

KRIEGSGERÄT.

Mach dir keine Gedanken über ihre Zukunft. Sie haben keine.«

»Ich werde mein Polohuhn vermissen«, sagt Karl und wirkt bedrückt. *»Flitzer* war ein gutes Huhn; mit sensationellem Instinkt und überragender Übersicht ausgestattet. Steuerte ich ihn »falsch«, schlug er mit seinen Flügeln nach mir. Er lief dann seine eigenen Wege und ich hatte nur den Schläger zu schwingen und die Tore fielen wie von selbst. Mit Flitzer gewann ich meine einzigen Spiele. Ich will ihn nicht verlieren.«

»Dann wickle das Huhn in ein Zelt ein und schmuggle es an Bord des Raumschiffs. Wenn du Glück hast und nicht erwischt wirst, kannst du mit deinem geliebten Huhn bis zuletzt im Frachtraum kuscheln. Hört auf, wegen ihnen zu jammern. Wir haben sie über Jahrzehnte benutzt. Es ist falsch, jetzt zu klagen, weil die Hühner uns vertraut geworden sind.«

»Ich stimme dir ausnahmsweise einmal zu, Narbenbär. Nach allem, was geschehen ist, ginge es zu weit, sich um ihr Wohlergehen zu sorgen. Wir haben sie von ihrem Heimatplaneten entfernt und nun müssen sie sich ohne uns zurechtfinden. Auf das Dasein des Menschengeschlechts hat es keinerlei Auswirkungen, ob sie aussterben oder nicht. Jedoch – was ist mit dem Mutterhuhn?«

»Die Frage könnte von Karl stammen. Sputen wir uns nicht, wird uns das Mutterhuhn die Hölle heißmachen.«

»Das Königspaar hätte sich die Puppenschau sparen sollen«, sagt Karl. »Das Raumschiff steht seit Monaten bereit zum Abflug. Wir hätten die Zeit nicht mit dieser hirnverbrannten Suche vergeuden dürfen! Ihr Handeln bestimmt einzig ihr Prinzip. Und ihre kindliche Neugier. Sie *müssen* dem Mutterhuhn mit Waffengewalt begegnen. Sie können nicht anders. Unaufhaltsam treibt der Wahnsinn das Königspaar an. Von Ihnen vernünftige Entscheidungen zu erwarten ist absurd. Und wir müssen das aushalten.«

»Wahrscheinlich«, sage ich nachdenklich. »Das ist unsere Aufgabe.«

»Haben wir die Stelle bereits passiert? Wo hast du den Hünen getroffen?«

»Du wirst verblüfft sein, Narbenbär. Die Stelle unterscheidet sich kaum von jeder anderen an diesem tristen Ort. Lehm; Rost; alte Gerätschaften. Kein Tropfen Blut. Das hat mich am meisten erstaunt.«

Karl brummt: »Nie hätte ich mein Leben an diesem Ort verbringen wollen.«

Ich erwidere nichts und stelle mir Schoasch vor, der, bei vollem Bewusstsein, seit einer Ewigkeit unschuldig gefangengehalten wird. Keinen einzigen Fluchtversuch hat er gewagt. Als hätte er sein Schicksal widerstandslos angenommen und in der Erfüllung des königlichen Auftrages den einzigen Weg gewittert, seine Freiheit wiederzuerlangen. Ein schlaues Vorgehen in einer derart misslichen Lage. Er hätte genauso gut rebellieren können. So hat er sich wenigstens die Aussicht bewahrt, nach Darbietung der finalen Puppenschau seine Gefangenschaft hinter sich zu lassen. »Leute.«

»Ja, Herr Oberkommandoführer? Ist das die Stelle?«

»Nein, aber halten wir unsere Waffen schussbereit.«

»Knöpft euch die Uniformen auf und bleibt in meiner Nähe. Dann wird die Begegnung mit den Gefangenen ungefährlich und zu einer bleibenden Erinnerung für uns alle. Das ist es, was wir wollen: dich später damit aufziehen, dass Teile deiner Erzählungen nicht stimmten. Tu es, Marzi! Knöpfe auf und Ärmel hoch! Vorsicht, der Hüne!«

Karl und ich zucken zusammen und der Narbenbär hat seinen Spaß. »Glorreiche Helden! Ohne Waffen wäret ihr Clowns.«

»Soll ich es tun?«, frage ich Karl, der sich nickend nach seinem Zylinder bückt. Ich überreiche dem Narbenbär die Fackel und knöpfe meine Uniform auf. Es beruhigt in der Tat, ohne Einschränkung Luft holen zu können, und ich ermutige Karl, sich auch zu befreien.

»Seid ihr bereit für das Spektakel?«

»Ja«, sagt Karl. »Wenn du nackt bist, weil es angenehmer ist, dann verstehe ich dich jetzt. Der Uniformkragen widert mich an. Er sticht und engt ein.«

Der Narbenbär sieht an mir vorbei. »Du enger Kragen! Wie viele Hühner hast du in der Vergangenheit verdrückt?«

Karl verstummt. Zig Hühner haben seinen Magen passiert. Außerdem schleppt er gerne Skelettknochen mit nach Hause, um in Ruhe die letzten Fleischreste abzunagen.

»Der Alte ist schon vorausgegangen.«

»Was?«, fragt der Narbenbär. »Was soll das bedeuten?«

»Vorhin, als ich den Hünen traf. Der Alte war weg. Bestimmt hat er dessen Heulen nicht ertragen. Jedenfalls hab ich ihn nicht gesehen – den Alten.«

Karl räuspert sich. Der Narbenbär sieht mich an und überreicht mir majestätisch die Fackel. »Nimm du sie, Marzi: Du bist der wahre Held des Tages. Keiner ist des Fackeltragens würdiger.«

»Es wäre unsinnig gewesen und riskant, nach dem Treffen mit dem Hünen noch den Alten aufzusuchen. Künstler reagieren sensibel auf Störungen jedweder Art. Er wäre so genervt, dass er die Puppe in einer Weise gestalten würde, die ihm die Freiheit bringt und uns Hiebe. Schoasch ist schlau – mehr als schlau –, seid vorsichtig.«

»Was dir fehlt, Marzi: die Schlauheit. Sei dankbar dafür, dass du deine Ängste hast. Die retten dir zumindest zuweilen das Leben.«

Ich versinke in Demut und erkenne in der Ferne die Stelle, an der der Hüne saß. Das Bein! Das gigantische Bein ist zurück! »Achtung, Leute, der Hüne sitzt noch da!« Gleichzeitig zücken wir unsere Waffen und zielen auf –

»Wo ist der Hüne?!«, schimpft der Narbenbär. »Ich seh ihn nirgends!«

»Dort!«

»Karl, hast du ihn im Visier?«

»Nein. Herr Oberkommandoführer? Wo ist er?«

»Dort.« Ich strecke die Fackel von mir, um den Ort besser auszuleuchten und – nirgendwo ein Hüne. »Wohin ist er verschwunden?«

»Marzi.«

»Ja?«

»Lass es gut sein.«

»Herr Flanell, stehen Sie auf!«

»Marzi. Sprechen wir nicht mehr davon und schau zu, dass du bis zum Treffen mit den Gefangenen das Zittern loswirst. Um dich steht es schlimmer, als ich annahm. Wovon träumst du nachts?« Der Narbenbär marschiert weiter und Karl legt seine Hand auf meine Schulter. »Machen Sie sich nichts daraus, Herr Oberkommandoführer. Ich trete dem Hünen auch ungern gegenüber.«

Es herrscht Nacht und ich stapfe durch das Trümmerfeld. Unheimliche Gestalten streiten um vergammelndes Menschenfleisch. Auf Zehenspitzen schleiche ich an ihnen vorbei. Bitte wittert mich nicht.

An einem zerbombten Betonpfeiler erregt ein baumelndes Schild mein Interesse. Es quietscht und reflektiert das Mondlicht in meine Richtung. Über Schutt und Asche nähere ich mich und erkenne darauf ein Gold schimmerndes Ei. Zu groß ist es, um ein gewöhnliches Hühnerei zu sein. Es muss von einem *Riesenhuhn* sein, so es ein echtes darstellt. Im Inneren der Schale bewegen sich Schatten. Es scheint kein Huhn zu sein. Eher etwas Menschliches. Mit den Fingerspitzen berühre ich das Ei und folge den – Händen! »Du kannst unmöglich ein Mensch sein!«, rufe ich aus und höre im Hintergrund die *Kadavergestalten*. Ich verlasse das Schild und jage davon. Splitterscharfe Trümmer erschweren mir den Weg, jede Nische ist versperrt! »Sie fressen dich, wenn sie dich kriegen, lauf!«

»Bringt mir den Jungen!«

»Wo ist er?!«

»Er läuft in das Haus!«

»Guut!«

Ich hetze Stufen hinauf, erreiche den Treppenabsatz und befinde mich auf einem Ruinen-Balkon! Eine einzelne Blume wächst aus einer Ritze. Panisch seile ich mich von der Balkonkante ab, um zurück auf die Straße zu gelangen. »Sie kommen näher!«

»Spätestens, wenn er das Ei erreicht, fassen wir ihn!«

Ei?! Wo?!

»Da sind Stimmen.«

»Ja, Karl, ich höre sie auch. Marzi?«

»Der Oberkommandoführer ist weggetreten. Wie du vorhin.«

»Der Hüne flößt ihm Angst ein. Das ist keine Schande.

Er ist Köpfe größer als wir und besteht man nicht, wie ich, aus Hartholz, kann einen seine Mächtigkeit überwältigen.«

»Vor allem ohne Gitter!«

»Halt den Oberkommandoführer an der Hand, wir warten da. Marzi?«

»Ja-a-a?«

»Liokobo! Tu es nicht!!!«

»Vergiss den Oberkommandoführer! Der Hüne kommt jeden Augenblick hier vorbei. Ein gezielter Schuss und er fällt um. Das schaffst du.«

Wüstes Geschrei.

»Bist du sicher, Narbenbär? Der Alte wird den Hünen brauchen. Wir alle brauchen ihn.«

Ein Schuss fällt.

Gejaule und –

12

FELDGEWUSEL

Konzentriertes Handwerken sediert. Ich lege das Modellierwerkzeug beiseite, strecke mich und erhasche vor meinem geistigen Auge mein Ackerland. Soeben wird es bestellt, als mein Blick zurück auf die Puppe fällt und ich begreife, dass sie mir gelungen ist. »Mehr Porzellan hätte die Puppe vertragen. Aber es ist gut, wie es ist.

Schläft die Frau noch? Sie rührt sich nicht.«

»Sie schläft.«

Meine innere Stimme sagt mir, dass das nicht stimmt. »Aufwachen, Liokobo! Auf deinem Schoß posiert eine Leiche, die du verklärst zu deinem heiligen Kuscheltier. Ein paar Stunden auf deinem Schoß und sie sitzt von selbst.«

Stimmen und Schritte dringen aus der Ferne zu uns. »Der Vor-Herr?«, fragt Liokobo und in seinen Augen glimmt die Genugtuung, just in diesem Moment Besuch aus der Huhnschicht zu empfangen. »Hoffentlich ist es derselbe wie vorhin. Was jetzt kommt, regle ich.«

»Tu nichts Unüberlegtes. Liokobo! Tu es nicht!!! Du bringst uns um.« Apathisch sehe ich zu, wie er die Leiche auf seine Schulter legt, eine Fackel aus der Halterung reißt und dem Besuch entgegenjagt. Ich mache es mir auf dem Boden bequem, lege eine Hand auf die Puppe und schließe meine Augen. Tief dringe ich in mein Innerstes ein und gebe mich der Illusion hin, in vollkommener Freiheit zu leben.

Vom Schaukelstuhl aus sehe ich die zahllosen Frauen und Kinder rackern. Immer neue Feldarbeiter kommen auf meinem Acker an, weil ich nicht sattzukriegen bin vor Freiheitsdrang. Herrlich! Die Sonne scheint mir auf den Bauch und ich genieße ein Glas frische Ziegenmilch. »Froh sollen sie sein, dass sie für mich arbeiten dürfen. Froh.« In einem Tuch ruht ein Kind an der Brust seiner Mutter. Soeben bückt sich die Mutter, um den vollen Korb auf ihrem Rücken noch voller zu machen, als sie stolpert und alles auf der Erde landet. »Das war tollpatschig und vergeudet Zeit! Ich behalte Sie im Auge, bis die Ernte wieder im Korb liegt. Die dafür benötigte Zeit bekommen Sie nicht abgegolten.« Das Kind schläft noch immer, obwohl seiner Mutter nun Tränen in den Augen stehen. »Sie müssen nicht weinen«, beruhige ich sie, als Geschrei die Höhle erfüllt und ein Schuss fällt.

Gejaule und –

»Schick ihn zu den Toten!«, ertönt das Kommando eines Vor-Herrn. »Der Alte wird die Sache ohne Hilfe meistern.«

Ich warte auf einen weiteren Schuss und will nicht glauben, dass sie mir die Arbeit alleine zumuten wollen. Haben sie den Verstand verloren?

Ich höre sie ...

Die Vor-Herren besprechen etwas ...

Liokobo? Sie sind uneins, ob er tot ist ...

Schreit euch nur an ...

Die Frau? Ihr wollt wissen, wie es um sie steht ...

Ich erwarte euch ...

Nicht gehen, kommt zu mir ...

Du erkennst es, ja, Schwachkopf: Ich winke dir ...

Ich werde euch weiter verunsichern ...

»Bleiben Sie, bleiben Sie exakt so sitzen, alter Mann!«, erhalte ich den Befehl und im Fackelschein erkenne ich, dass die Vor-Herren zu dritt sind. Einer ist nackt, der in der Mitte trägt eine Fackel und der Letzte gibt Acht, dass ihm sein Zylinder nicht vom Kopf fällt. Alle drei zielen mit ihren Waffen auf mich.

»Wo ist er? Wo ist Liokobo? Habt ihr Vögel ihn erschossen?«

Der Nackte lacht unverhohlen. »Nehmen Sie gedanklich Abschied von Ihrem langjährigen Untergebenen. Dem Hünen kann jetzt nicht mehr geholfen werden.«

»Ihr habt ihn verfehlt! Liokobos Zorn wird ihn Unerwartetes vollbringen lassen. Entweder verbiegt er die Gitterstäbe, oder er hämmert mit seinem Dickschädel so lange gegen die Sicherheitstür, bis sie aus den Angeln fällt. Wie auch immer, einen Weg nach draußen wird er finden. Die Konsequenzen tragt Ihr.«

»Verfallen Sie nicht dem Irrtum, die Vor-Herrschaft stünde ab sofort in Ihrer Abhängigkeit. Würde es mich gelüsten, Sie ebenfalls zu töten, täte ich es. Spielerisch fänden wir einen Weg, die Puppe so zu gestalten, dass sie dem Königspaar gefällt.«

»Du bestehst aus Wahnsinn! Nimm den Mund nicht zu voll. Sagt, was ihr wollt, oder verpisst euch von meinem

Acker. Ihr gefährdet mit eurem Besuch die gesamte Puppenschau. Beabsichtigt ihr das? Ihr kennt das Königspaar.«

Der *Fackelträger* und der *Zylindertyp* schauen blöd, während sich der Nackte aufplustert. »Hüten Sie sich: Geht bei dem Puppenstück etwas schief, bleibt Ihr Leben, wie es ist. Ich stelle mir vor, dass *Sie* dann schnell der Wahnsinn packt. Ganz alleine. Hier, im Untergrund.«

Ich fokussiere den Nackten. »Ihr kommt, um sicherzustellen, dass die Frau tot ist. Unsere Bühneneinlage hat euch aus der Fassung gebracht. Aber atmet durch! Einerlei, dass die Frau lebt und sich, gemeinsam mit Herrn Flanell, aus dem Staub macht. Das Königspaar wird derart fasziniert sein von der Einmaligkeit dieser Puppe, dass es der dazugehörigen Leiche nicht bedarf. Ich werde es ihnen als Notwendigkeit verkaufen, der letzten Puppe extravagante Züge verliehen zu haben und, um diese Extravaganz zu erreichen, die Leiche weichen musste. Sepp und Herta werden nichts verstehen, aber verzaubern werde ich sie.

Im Übrigen habe ich die Frau darüber informiert, was hier jahrelang verbrochen wurde. Sie schien wütend auf euch. Seht zu, wie ihr damit zurechtkommt. Meine Freiheit ist es in Wirklichkeit nicht, die auf dem Spiel steht. Mein Weg ist vorgezeichnet.«

»Hat die Frau vorhin auf der Bühne tatsächlich geatmet?«, fragt mich der Vor-Herr mit dem Zylinder. »Dann hat der Bote den Narbenbär zu Unrecht verprügelt. Herr Oberkommandoführer, haben Sie gehört?«

Der Nackte nimmt seinen Blick von mir und wendet sich vergnügt an den Fackelträger. »Da staunst du: Karl schlitzt dich auf, ohne dass er es selbst bemerkt.

Wenn der Alte die Wahrheit sagt, gilt es, schleunigst den Boten zu finden. Hat er dem Königspaar diese Information geliefert, könnten die Auswirkungen verheerend sein. Erinnere dich, was los war, als der König uns mit der Erschaffung jener einzigartigen *Puppen-Serie* beauftragt hat und zum Schluss das Malheur geschah und eine Puppe fehlte.«

Der Fackelträger wirkt zornig. »Duu! Narbenbär! Welches Arschloch stahl die Puppe?«

»Niemand stahl die Puppe«, erwidert der Nackte und mir reicht es.

»Seid ihr noch zu retten?! Hier ist *Kunst* im Entstehen! Zieht ab oder macht euch nützlich.«

Kein Widerspruch.

»Holt die Porzellanmasse aus dem Regal. Drittelt sie und ich erschaffe – in Anlehnung an eure Visagen – noch drei *Porträt-Puppen.*«

»Sie werden nicht die Puppenschau gefährden, indem Sie Ihre Aufmerksamkeit mehreren Puppen widmen«, meldet sich der Fackelträger zu Wort. »Geben Sie besser Acht, dass uns die Extravaganz nicht zum Verhängnis wird.«

»Und wer hält mich davon ab, vier Puppen zu gestalten? Du? Vielleicht arbeite ich an allen Objekten gleichzeitig. So wie früher: Da ein Handgriff und dort und schon folgt der Brand. Ihr müsst keine Angst haben, dass der Theatervorhang nicht pünktlich aufgeht.«

»Erzählen Sie uns von der Frau und nicht Geschichten Ihrer leidigen Existenz.«

»Geatmet hat sie, was wollt ihr hören? Dass sie es nicht

tat? Ich hab es selbst gespürt. Und wie sie geatmet hat!«

»Reden Sie weiter, was ist dann passiert? Wie erklären Sie sich, dass ich den Hünen vorhin alleine antraf; heulend, mit einer Leiche auf seiner Schulter? Die Frau ist tot. Sie wissen das und wir.«

»Falsch! Die Frau lebt. Leugne nicht die Realität, du naiver Fantast.«

»Tot ist sie!«

»Wenn du meinst«, sage ich und verliere die Lust, das Gespräch mit den Vor-Herren fortzuführen. »Kommt mit und schaut zu, wie ich die Puppe bemale, aber verschont mich mit euren Kindereien.« In der Hoffnung, dass sie nicht mitkommen, kehre ich den Vor-Herren meinen Rücken zu und marschiere in Richtung *Mal-Stollen*. Die Puppe nehme ich mit, um sie vorzubereiten für den Brand. »Bis heute Abend, meine Herren, und seid vorsichtig, dass der Hüne und die Frau keine Dummheiten anstellen. Sie atmete und ist, wenn es stimmt, was Herr Flanell sagte, sogar satt. Ihr tut gut daran, besorgt zu sein.«

Es war beinah zu einfach, den Vor-Herren zu entkommen. Warum hat Liokobo seine Begegnung mit dem Vor-Herrn mit keinem Wort erwähnt? Stimmt die Geschichte mit der Leiche? Wie ein Stromschlag durchfährt mich meine Vision des Puppenlachens. Eilig ergreife ich einen Pinsel und erschaffe, was bereits morgen zu meiner Geschichte gehören wird. Der erste Pinselstrich ist immer etwas Besonderes. Es kribbelt in mir. Neue Gedanken tauchen auf. Alles bewegt mich. Intensiver und intensiver mit jedem weiteren

Eintauchen in die Farben.

Rührend.

Wie wird es sich anfühlen, auf mein Lebenswerk zurückzublicken und gleichzeitig *das* Leben vor mir zu haben? »Fantastisch, Schoasch. Fantastisch, bestimmt.«

Ich erwache zum Leben und erblicke mein Territorium, mein Land. Ruinenstädte, wohin mein Blick fällt, und endlose Weideflächen. Grün; saftig grün. Eingezäunte Hühner. Eine Schar Menschen, die mir dienen. »So soll es sein – ist es vorgesehen –, so ist es gut.« Es behagt mir nicht, dass vereinzelt Feldarbeiter ihre Konzentration nicht auf die Arbeit richten. Streng stelle ich das Glas Milch beiseite und nehme das Megafon. »Sie! Die lachen! Schluss damit! Es genügt, dass *ich* glücklich bin.« Zurück im Schaukelstuhl, bin ich überzeugt, dass sich die *Feldschicht* ab sofort zusammenreißt. Ich kehre in mich.

Meine Vergangenheit zu schätzen, war die Grundlage für meine Zukunft. Jede Puppe, die ich erschuf, führte mich zu dieser Sinnesfreude, delegieren zu können und dafür Dankbarkeit zu ernten. Auf ein Höchstmaß an Kontrolle ist nicht zu verzichten. Sie hält mich im Stuhl. Packend, wie es so weit kam.

Vor meiner Gefangennahme dachte ich, die briefliche Ankündigung, mich meiner Freiheit zu berauben, wäre ein absonderlicher Scherz von Herta. Auf unbestimmte Zeit hätte ich dem Königspaar auf besondere Weise zur Verfügung zu stehen. Projekte befänden sich in Planung, für deren Umsetzung meine künstlerische Begabung vonnöten wäre. Ich würde ohne Zweifel, nach einer kurzen Eingewöhnungsphase, Gefallen an meinem Aufgabenfeld finden. Wesentlich mehr stand da nicht. Allein ein Zusatz: Man würde mich abholen. Neugierig las ich die Zeilen wieder und wieder, tat jedoch alles als Unsinn ab und vergaß den Brief. Heute leuchtet es mir ein, dass die Ereignisse im Restaurant tiefe Furchen in unsere Freundschaft geschlagen hatten. Sepp und Herta gaben sich seit jenem unglückseligen Abend verschlossen wie Gräber.

Tock, tock, tock.

»Wer stört?«

»Schoasch? Öffnen Sie die Tür!«

Plötzlich sicher, dass der Brief kein Scherz war, werde ich nervös und blicke auf die Tür. »Hier liegt ein fulminanter Irrtum vor, verschwindet! Ich komme nirgendwohin mit.«

»Sie werden staunen. Großes liegt vor Ihnen. Öffnen Sie die Tür!«

Genervt schließe ich auf.

»Sind Sie bereit für neue Herausforderungen?«, begrüßt mich ein uniformierter, mit Hühnerfedern geschmückter Vor-Herr. »Das Königspaar wird Sie persönlich instruieren. Kommen Sie jetzt bitte mit.« Vor der Tür stehen noch mehr Vor-Herren, jeder mit Federschmuck behangen.

»Habe ich einen Trend verpasst?«

»Nein. Das allbekannte Huhn nimmt eine bedeutendere Rolle ein, als zu Beginn angenommen. Bald werden wir erste Exemplare reiten können.«

»Sprechen wir von *dem* Huhn?«

»Exakt, aber sehen Sie selbst.«

Angespannt trete ich hinaus ins Freie und erblicke die vier mächtigsten Hühner, die ich je gesehen habe. Sagenhafte Gestalten mit muskulösen Körpern, die – lebendig – Angst erwecken. Zornig darüber, festgehalten zu werden, starten sie einen Versuch nach dem anderen, zu entwischen. Ihre Schnäbel sind zugebunden, um das Geschnatter zu unterdrücken. »Ein elendiger Anblick. Trotzdem fantastisch.«

»Diese Vier sind *Brachialhühner.*«

»Faszinierend! Je zwölf Vor-Herren halten ein Huhn im Zaum und ihr träumt davon, sie eines Tages zu reiten. Nie werden sie euch sicher von einem Ort zum nächsten bringen. Bratet sie, wie gewohnt, im Ofen und kümmert euch darum, dass die Straßen sauber werden. Und pflanzt neue Bäume. Allmählich gewöhne ich mich ja daran, beim Spazierengehen nur selten Menschen anzutreffen, aber an den Dreck, den die Unterschicht zurückgelassen hat, nicht. Bis heute liegen Knochen herum, wohin man schaut, und Wölfe kommen nachts! Daran *will* ich mich nicht gewöhnen. Und lasst es gut sein, das Huhn zähmen zu wollen. Diese Versuche führen zu nichts.«

»Ich schlage Ihnen vor, Ihre privaten Ansichten mit dem Königspaar persönlich zu besprechen. Sie erwarten Sie in der Kutsche und werden Ohren machen, wenn Sie Ihre Meinung vertreten.«

»Ich sehe keine Kutsche.«

»Weiter vorne um die Ecke.«

»Gut ein Dutzend Vor-Herren im Nacken; achtundvierzig Vor-Herren, die vier exorbitante Hühner am Ausbüxen hindern; und ein Königspaar in einer Kutsche ums Eck. Das ist grotesk.«

»Eine fein inszenierte Abholung, korrekt. Haben Sie eine Vorstellung davon, was Sie in Zukunft erwartet?«

»Woher soll ich das wissen?«

»Nicht stehen bleiben beim Reden. Schauen Sie, dort ist es.«

Wir nähern uns der Straßenkreuzung – gähnende Menschenleere und überall Schmutz – und mich durchzieht Unruhe beim Gedanken daran, Sepp und Herta erstmalig als Königspaar zu begegnen. Was planen sie und wofür brauchen sie mich? Um die Ecke erkenne ich die Rückseite einer prunkvollen, übergroßen Kutsche. Zwei eingespannte Hühner verhalten sich sonderbar ruhig. »Diese Hühner, sind die zahm?«

»Karmonon und Sapperlot. Bislang die einzigen Exemplare, die annähernd das tun, was wir von ihnen verlangen. Reiten lassen sie sich noch nicht, aber die Kutsche transportieren sie anstandslos und ohne Mühe.«

»Diese Kutsche ist ein Haus!«

»Ja. Das Königspaar will es so.«

»Sie dachten stets in großen Dimensionen.«

»Groß?«

Langsam nähern wir uns dem Kutschentor. »Klopfe ich an?«

»Sie tun nichts und warten. Das Königspaar könnte sich im oberen Stockwerk befinden.«

»Und?«

»Seien Sie still.«

Ich nehme mich zurück und beobachte den Vor-Herrn, wie er durch das Tor ins Innere der Kutsche lauscht. »Was hörst du?«

»Seien Sie still!«

»Niemals! Ich kenne die Zwei gut genug, um zu wissen, dass festes Anklopfen stets die beste Lösung war. Du hast richtig gehört: Hämmere gegen das Tor. Das Königspaar wird uns dann herzlich in Empfang nehmen.«

»Herr Oberkommandoführer, tun Sie das nicht!«, rufen einige Vor-Herren; ein Vor-Herr: »Tu es, Marzi!«

Der Oberkommandoführer macht keine Anstalten, irgendetwas zu tun, weshalb ich aus voller Seele schreie: »Herta Bruhns und Sepp Goldfisch!!! Öffnet das Tor!«

13

EINAUDI´SCHE KLÄNGE

»D u erschaffst ein Gemälde«, sagt der Lektor ruhig, ohne eine Miene zu verziehen. Sein Blick ist durchs Fenster gerichtet. Bald wird es dunkel. »Zahllose vor dir haben sich daran versucht, den *perfekten* Roman zu schreiben. Alle scheiterten. Du wirst es ebenfalls tun. Selbst, wenn du dein Leben lang danach strebst. Scheitern wirst du.«

Ich bin überrumpelt. Impulse zu einer Antwort zerschlagen sich. Das Gespräch wird anspruchsvoll. Er fordert mich heraus, verschlagen wie ein Schlitzohr. Es gleicht dem, wonach ich mich innig sehnte. Die unbegrenzte Aufmerksamkeit eines besessenen Lektors auf mich und meine Texte zu lenken. Ich habe diese errungen und darf sie unter keinen Umständen verspielen. »Trotzdem strebe ich nach Perfektion und werde immer danach streben. Sie zu erreichen, ist mein Antrieb.« Ich ziehe die Schultern zurück, den Kopf hoch. Die Erwartungen des Lektors in mich erfüllen den Raum. Werde ich ihnen gerecht? Trotz fehlender Lebendigkeit: Die Vor-Herrschaft des Lektors ist unumstritten.

»Wenn du deinen Blick durchs Fenster wirfst, siehst du dann die Hektik, von der alles verseucht ist? Oder gelingt dir die Vorstellung eines anderen Bildes?«

»Wenn ich es will, wird das Fenster zur Geschichte.« Der Lektor erfreut sich an meiner Antwort. Ich erkenne das unscheinbare Neigen seines Kopfes und wie er die Mundwinkel zu einem kleinen Lächeln hebt. Das Streichen über seine Bartstoppeln zeigt mir, dass er mich zurück ins Gespräch lässt. »Ja. Ich liebe Perfektion.« Ich achte darauf, dass mein Kopf nicht unter seinem Gewicht zusammensackt. Es ist schwer, sich gebührend zu verhalten im Kreuzverhör des Lektors. Aber ich kämpfe, ohne zu wissen für welches Opfer.

»So früh im Leben große Gedanken zu kontrollieren vermögen bedeutet Fluch und Segen. Es wird dir dabei geholfen haben, einen ansprechenden Roman zu verfassen.«

Ich halte die Zeit an, um mir Raum zu verschaffen für einen Gedanken. Es ist zu intim, dem Lektor davon zu erzählen. Ohnehin weiß er Bescheid. Er ist der Träger der roten Farbe. Wie kann er nicht Bescheid wissen?

Die Zeit davor.

Eiter kochte in meiner Seele. Der Dampf entwich nicht und lagerte sich ab an den Wänden meines Innersten. Mit der Zeit verkrustet vermochte einzig der Stil den leidenschaftlichen Ausbruch zu beherrschen. Ein kontrollierter Ausbruch: mein ersehntes Ziel. Wie verbissen habe ich mit der Feder in der Hand gewartet auf das Bersten des härtesten Mantels! Als es erstmalig knackte – ich fühlte es so stark –, tauchte ich mit Tränen in den Augen die Feder ins Tintenfass und erging mich in den gewaltigsten Ergüssen.

»Sie zwingen mich in die Knie, wenn Sie gestatten!«

Der Lektor betrachtet mich. Er wiegt ab, ob er die Sache beenden soll. Ich kann seinen Blicken kaum aus, sie sind wie Ketten. »Unerfahrene Schriftsteller wie –«

»Nein, nicht, ich bitte Sie! Es wird schmerzhaft genug.

Geben Sie mir die Zeit, die es braucht, um damit umgehen zu lernen.« Meine Unschuld in Ketten inszeniert auf offener Bühne! Sie schnüren umso fester, je stärker ich Widerstand leiste. »Nehmen Sie die Ketten von mir, ich verbiete es Ihnen!«, züngelt es aus mir heraus. Ich zittere, mein Atem rasselt. Die Musik gewinnt an Fahrt. Ich höre sie: die Trommel; umspielt vom Klavier. Sie, vereint, und es beben die Gläser!

»Gib nicht auf, Lisa, wir sind drauf und dran, die Geschichte zu vollenden! Bleib standhaft. Geh voran!«

Tränen fließen über meine Wangen, die Ketten zergehen in zähe Flüssigkeit, während ich dem Lektor folge, wie er sich zu mir schleppt. Sein Blick ist durchdringend. Der gebündelte Blick wachsamer Augen; fällt das Fleisch auch bald in sich zusammen. Er hat die Tischkante erreicht und sieht aus, als wäre er um das Haus gelaufen. Ich will ihm zurufen: *»Sie müssen sich nicht aufmachen, um mir auf die Schulter zu klopfen!«* Aber die Worte kleben herrenlos auf meinen Lippen. »Es ist unerträglich!«, schluchze ich und spüre seine alte Hand auf meiner Schulter.

»Nicht doch, keine Tränen, sieh aus dem Fenster! Der erste Schnee fällt. Und gleich so dicke Flocken!«

Ich betrachte die Flocken, wie sie ungestört in die aufkeimende Dunkelheit hinabrieseln. Es ist ein liebreizendes Gemälde: Der Anblick und die fabelhafte Vorstellung, wie die Schneeflocken Frieden und Besinnlichkeit verbreiten.

»Jetzt ist der Zeitpunkt für die Kerze! Gut, dass ich sie zuvor abgestellt habe. Trägst du Feuer bei dir?«

Das Fenster ist wieder da.

Ich krame in meiner Tasche, als wäre das Feuer dort

verborgen. Alice gleitet ins Zimmer, eine schlichte, schmale Kerze in der Hand, deren Flamme sie gegen den Wind abschirmt. »Hier, bitte sehr«, sagt sie leise und ich spüre die Müdigkeit wiederkehren. »Haben Sie gesehen? Es schneit!«

14

ABENDGRAUEN AM SCHLACHTHOF

»Karmonons Keulen glühen, es wird Zeit, ernst zu machen. Braav, Karmonon, artig: Du willst gewinnen.«

»Wenn Sie das sagen, werter Bote. Auch *Lanzilies* Haxen sind aufgeheizt. Sehen wir, welches Huhn das Nachsehen hat.«

»In Karmonons Brust pulsiert ein Renn-Herz. Haben Sie nicht zu große Hoffnungen auf den Sieg. Karmonon, lass das!« Ich reiße an den Zügeln, weil er sich Lanzilie zuwendet.

»Die Hühner harmonieren gut miteinander; wie ihre Herren. Schluss jetzt!« Der Vor-Herr peitscht einige Male auf Lanzilies Hinterteil, woraufhin sich das Huhn aufbäumt und prustet.

»Karmonon, bleib ruhig, sonst schnalzt es ebenfalls!« Er zischt und scharrt heftig im Sand. »Jaa, du brennst dafür zu laufen, ich weiß es. Reiten Sie dort hinüber, damit sich die Hühner nicht gegenseitig ablenken.«

Siegeshungrig sitzt der Vor-Herr auf seiner neuen Anschaffung. »Werter Bote, auf dass wir die folgenden Minuten bis zu unserem Tod nicht vergessen. Eine gemeinsame Erinnerung. Erschaffen wir diese. Lanzilie! Dem aufgehenden Mond entgegen!« Der Vor-Herr will soeben wegreiten, als die Hühner vehement zueinander drängen.

Umgehend ziehe ich Karmonon eins über. Er heult auf. »Tu, was ich von dir verlange!« Noch einmal peitsche ich ihn und zerre an den Zügeln, bis ich ihn endlich von dem Huhn wegbringe. »Was ist in dich gefahren?! Bloß, weil Lanzilie gerupft ist, musst du nicht durchdrehen.« Er schnaubt, beruhigt sich aber. »Konzentrier dich auf das Rennen. Und wage es nicht, zu verlieren.« Ich beobachte den Vor-Herrn, wie er sein Huhn ein gutes Stück entfernt in Startposition bringt, es streichelt und jetzt in meine Richtung sieht.

»Werter Bote, sind Sie und Ihr Rennhuhn bereit, Geschichte zu schreiben?«

»Wir sind bereit!«

»Dann folgt der Countdown!

Zehn!

Neun!

Acht!

Sieben!«

Karmonons Rückenmuskulatur spannt sich an. Es verlangt ihn nach dem Sieg und mich ebenso. Ich greife die Zügel fester und –

»Drei!

Zwei!

Eins!

Los!!!«

Sofort fegt mir kalter Wind entgegen. Ich beuge mich nach vorne und schiele zu dem Vor-Herrn. »Sie liegen in Führung, leg einen Zahn zu!« Karmonon verlagert seinen Körperschwerpunkt und legt an Geschwindigkeit zu. »Soo ist es gut.« Ich peitsche ihn und spüre, dass er, aus Siegeslust, schneller wird. »Ja, wir holen sie ein! Wir haben sie eingeholt! Zieeeh!«

Karmonon fliegt jetzt förmlich. Lanzilie bleibt zurück. »Der Sieg ist unser, grandios. Als Belohnung bekommst du später Menschenherzen.«

»Lanzilie, du lahmes Huhn, dein Scheißhals bringt nichts! Am Schlachthof folgt die Hacke!«

»Karmonon, bleib fokussiert!« Verbindet ihn etwas mit Lanzilie? Sogar der Anblick der *Schlachthühner* lässt ihn für gewöhnlich kalt. Warum benimmt er sich bei Lanzilie anders? Weil das Huhn gerupft ist? Hühner haben keine Gefühle füreinander. Oder doch? Mögen sie einander? Dürfen wir das zulassen? Es wird das Beste sein, wenn sie sich nicht mehr begegnen. »Vor der Mauer steige ich ab. Der Vor-Herr wird woanders absatteln, damit du deinen Kopf freibekommst.« Karmonon bleibt stehen und lässt sich widerstandslos anhängen. Ein paar Mal streichle ich ihn und ziehe ruckartig an der Kette, auf dass sie hält. »Bist du erschöpft? Deine Leistung war passabel.« Karmonon ignoriert mich und blickt zu Lanzilie.

Der Vor-Herr tobt. »Misthuhn! Misthuhn!!!«, und lässt die Peitsche schnalzen.

»Beachte den Vor-Herrn nicht. Er liebt sein Huhn. Es sind Streicheleinheiten, die es wegsteckt. Besinne dich – du hast dieselben Streicheleinheiten ertragen und schau, was aus uns geworden ist: ein herausragendes Team. Die beiden finden zueinander. Gib ihnen Zeit.« Ich beobachte ihn und erkenne, wie sich sein Brustkorb aufbläht, erschlafft und sich wieder aufbläht; wieder und wieder. Unheildrohender Atem bläst aus seinen Nasenlöchern. Unzählige Botengänge bisher waren fordernder als dieses Rennen. »Dir gefällt es nicht, wie der

Vor-Herr mit seinem Huhn umspringt. Du bist zornig. Vergiss Lanzilie: Es ist eines von vielen Hühnern. Konzentrier dich auf unsere bedeutsame Arbeit. Vor uns liegen Jahrzehnte Botendienst. Du darfst deine wertvolle Energie nicht an nackte Hühner verschwenden. Zum Schluss setzt der Vor-Herr mit seinem Rennhuhn einen Trend und alle Hühner laufen demnächst entblößt herum. Läufst du dann heiß? Du bist *mein* Huhn und wirst mich bis zu deinem Tod loyal unterstützen, den reibungslosen Informationsfluss zwischen Königspaar und Vor-Herrschaft zu garantieren. Da bleibt keine Zeit, Hühnern nachzustellen.« Karmonon ignoriert mich und sieht zu Lanzilie, die in diesem Moment gut hundert Meter entfernt vor dem Tor zum Stillstand kommt.

In Rage sattelt der Vor-Herr ab und benutzt die Peitsche. »Nimm das!!!« Lanzilie heult auf.

Zügig entferne ich mich von Karmonon und betrachte ihn.

Die Kette kann nicht reißen. »Sie!«, rufe ich dem Vor-Herrn zu. »Ihr Huhn ist pfeilschnell, Sie haben nicht gelogen. Stellen Sie jetzt die Schläge ein, Karmonon reagiert darauf sonderbar. Provozieren wir nichts.«

Der Vor-Herr versetzt Lanzilie noch einen Hieb und belässt es dabei. Erschöpft gleitet er an der Tormauer zu Boden.

Selbst von meiner Position aus sind die klaffenden Wunden eindeutig erkennbar. Zitternd starrt Lanzilie die Mauer an und wagt es nicht, sich vom Fleck zu rühren. Weiter so, dann tut Ihr Huhn bald, was Sie von ihm verlangen. Wie viele Vor-Herren haben noch Dienst? Sind die Hühnerhälse für morgen schon vorbereitet? Heute, wo ein Tag dem anderen gleicht, bedeutet ein abendlicher Besuch auf dem Schlachthof eine reizvolle Abwechslung. Ein Gespräch mit einem Vor-Herrn wird mich entspannen und meine Gedanken von dem Biest ablenken. Die Herausforderung des Vor-Herrn anzunehmen war weise.

»Sie schenken Ihrem Huhn ja nichts. Es wird entstellt sein, wenn seine Verletzungen verheilt sind, wollten Sie das? Oder hat es Sie überkommen? Lanzilie ist ab sofort ein Unikat.«

»...«

»Rappeln Sie sich auf. Ihr Rennhuhn wird es bald nicht mehr wagen, zu verlieren. Karmonon brauchte ebenfalls seine Zeit, bis er willenlos gehorchte. Heute sind wir zusammen unbezwingbar. Auch bei Ihnen wird es sich so verhalten. Ihr Huhn hat dieses Potential.«

Mit gebanntem Blick nähere ich mich seinem Rennhuhn von der Seite. Ängstlich verfolgt es mich mit seinen Augen. »Ich schlage dich nicht, du hast für ein paar Tage genug abbekommen, sieh dich an: Du blutest überall.« Mit einem Tuch tupfe ich an manchen Stellen das Blut ab, bis es durchtränkt ist und ich es angewidert wegwerfe. »Wälz dich im Sand. Das desinfiziert deine Wunden und wir brauchen uns nicht die Hände schmutzig zu machen.« Ich habe nicht erwartet, dass sich das Huhn auf Befehl wälzt, aber zumindest eine Reaktion des Vor-Herrn. »Verzeihen Sie, es steht mir nicht zu, mich in die Erziehung eines fremden Huhnes einzumischen.«

»Machen Sie mit dem Huhn, was Sie wollen. Es hat nicht gesiegt und ist somit nutzlos.«

»Mit Verlaub, Ihr Ehrgeiz sprengt alle Dimensionen.

Seit wann besitzen Sie das Huhn? Seit gestern? Seit zwei Wochen? Unmöglich können Sie derart aufeinander eingestellt sein, dass Sie das Rennen hätten gewinnen können, bleiben Sie realistisch. Sie waren chancenlos. Doch besteht die Chance, dass Sie kein Rennen mehr verlieren werden und exakt daran halten Sie sich. Seien Sie geduldig in Ihrer Erziehung und Ihr Huhn wird sich zu einem *Raketenhuhn* entwickeln.«

Niedergeschmettert fragt mich der Vor-Herr: »Meinen Sie, werter Bote, dass es dieses Potential hat?«

»Das liegt auf der Hand! Sein Leistungsvermögen wird keine Grenzen kennen. Seinen Willen haben Sie angefangen zu brechen und von seiner körperlichen Siegeseignung sprechen wir nicht. Was wollen Sie noch mehr? Stehen Sie auf und ketten Sie Ihr Huhn an. Anschließend sehen wir nach den Vor-Herren. Es werden wohl noch welche arbeiten!«

»Bestimmt, werter Bote. Helfen Sie mir bitte.«

Ich helfe dem Vor-Herrn auf die Beine und sehe zu, wie er Lanzilie ankettet und dabei sanft vorgeht. »Hochprofessionell!«, lobe ich ihn. »Auf diese Weise stiftet man Ratlosigkeit und Verwirrung in den Hühnerseelen.

SCHLAGEN – STREICHELN – SCHLAGEN – STREICHELN.

Ausdauer vorausgesetzt, bezeichnet man das als gelungene Unterdrückung.«

»Verzeih mir bitte, Lanzilie, der Siegeshunger hat mich übermannt. Ich wollte dich nicht verletzen. Tut es weh, wenn ich dich da berühre?«

Das Huhn zittert nur.

»Lanzilie wird die Tortur überleben. Stehen Sie zu Ihren Taten und bleiben Sie konsequent. Dann werden Sie und Ihr Rennhuhn jeden Wettkampf dominieren.«

»Den Dingen Zeit zu geben, gehört nicht zu meinen Stärken. Anzunehmen, bei unserem ersten Antreten gegen Sie und Karmonon den Sieg davonzutragen, war illusorisch. Noch einige Nummern zu groß für uns.«

»Wir werden beizeiten ein neues Rennen starten. Bis dahin sind Sie und Lanzilie so geeint, dass Sie reelle Chancen auf den Sieg haben.«

»Gewiss, werter Bote.«

»Kommen Sie, sehen wir uns auf dem Schlachthof um. Es drängt mich, mit einem Vor-Herrn vor Ort ein Gespräch zu führen. Wann waren Sie zuletzt hier?«

»Vor Monaten. Seit der Geburt des Drachen reagiere ich empfindlich auf Schrecken. Ich konnte seit damals nicht herkommen.«

»Finden Sie es schlimm, was hier passiert? Ich habe angenommen, Sie wären abgestumpfter.«

»Was ist schon schlimm, werter Bote? Drachengeburten? Nestraub? Misshandlungen? Bombenregen auf Großstädte oder die Porzellanherstellung? Wie definieren Sie das Wort schlimm? Mein Geist assoziiert damit zu viele Dinge. Ich kann darauf nicht vernünftig antworten.«

»Schlimm ist, dass ich durstig bin.«

»Sehen Sie sich diese Hallen an! Immer aufs Neue überwältigt mich der Anblick des Schlachthofs. Die Hühner! Keines von ihnen ahnt, dass es demnächst selbst an der Reihe sein wird, seinen Kopf hinzuhalten. Alle schauen dämlich.«

»Bedrückend.«

»Ertragen Sie es?«

»Ja. Falls Sie jedoch in die Schlacht-Halle vordringen wollen, werde ich mich empfehlen. Nehmen Sie mir das nicht übel, werter Bote. Mir schwirrt noch das Unheil der jüngsten Vergangenheit im Kopf herum.«

»Keine Sorge, Sie sind ein tapferer Vor-Herr. Einem Biest ins Leben zu helfen ist keine leichte Aufgabe und Sie leben noch, das zeugt von einem starken Charakter. Dafür gebührt Ihnen bereits Ruhm, obwohl ich seinerzeit über Sie und Ihre Mannschaft anders dachte.«

»Wie, wenn ich Sie fragen darf? Was dachten Sie?«

»Ich wollte Ihnen Kugeln verpassen.«

Der Vor-Herr wirkt kaum überrascht. »Wirklich aufrichtig sind nicht viele Vor-Herren. Sie, werter Bote, zeichnen sich dadurch aus. Danke dafür. Das Rennen hat unsere Freundschaft besiegelt.«

»Durchaus. Den Hang zur Gewalt teilen wir, und Sie sind ein vernünftiger Gesprächspartner. Unerlässliche Grundsteine für eine langlebige Freundschaft. In Zukunft müssen wir bloß darauf achten, dass sich unsere Rennhühner nicht begegnen. Sie verstehen sich besser, als es gut ist. Kein Kontakt ist ohne Zweifel der beste Kontakt.«

»Ich stimme Ihnen zu. Ihr nächstes Treffen soll bei der Neuauflage unseres Rennens sein. Danach von mir aus nie wieder.«

»Sehen Sie dieses eine Huhn?«, unterbreche ich den Vor-Herrn und deute auf ein bizarres Huhn im Sektorgehege neben uns. »Befremdlich, finden Sie nicht? Es ist tiefschwarz; wie geräuchert. Und starrt uns an. Husch«, sage ich, »weg mit dir!«

»Ja. Eine einzige weiße Feder schmückt sein Kleid. Penetrant, wie es uns mit seinem Blick durchbohrt.«

»Verschwinde und pick Schutt auf!«

»Nur dieses Huhn scheint sich ernsthaft für uns zu interessieren. Alle anderen Hühner haben diesen leeren Blick.«

Am gegenüberliegenden Ende der Halle springt eine Tür auf. »Wer ist da?«, ruft jemand. »Der Schlachthof ist bereits geschlossen.«

»Ein Vor-Herr und der Bote. Kommen Sie her! Was ist das für ein merkwürdiges Huhn im Gehege? Wann wird es geschlachtet?«

»Der Bote? Der Bote ist zu Besuch, seien Sie willkommen!«, ruft der Vor-Herr und keucht. »Welches Huhn meinen Sie? Warten Sie bitte, bis ich bei Ihnen bin.«

»Wie ist Ihr Name?«

»*Karl. Vor-Herr Karl.* Oder kurz: *der Schlächter.*«

»Beeilen Sie sich, Karl! Dieses *Rauchhuhn* nervt.«

»Sie meinen die *schwarze Henne!* Vor-Herren der Zuchtstation haben sie kürzlich angeschleppt. Es handelt sich um ein misslungenes Forschungsexperiment. Seltsamerweise beruhigt ihre Anwesenheit die Hühner. Warten Sie bitte einen Moment.«

»Die schwarze Henne«, flüstere ich und stiere sie an. »Was bist du? Was hätte aus dir werden sollen?«

»Diese Henne ist in der Nacht praktisch unsichtbar«, meint der Vor-Herr. »Wenn sie gute Augen hätte – ein *Spionagehuhn?* Vielleicht hat sie kein gutes Augenlicht und ist darum hierher verfrachtet worden. Der Schlächter hat bestimmt noch mehr zu berichten.«

Um die Zeit totzuschlagen, nähere ich mich dem Stahlzaun und betrachte die Hühner. Die schwarze Henne lässt mich nicht aus den Augen. »Starr mich nur an. Bald gibst *du* deinen Kopf ab.«

»Wenn die Henne die Hühner besänftigt, wäre es vernünftig, sie am Leben zu lassen. Gibt es für Hühner Schöneres, als gelassen auf den Tod zu warten?«

»Aber so wie die Henne mich anstarrt, macht sie mich wütend.«

»Schauen Sie einfach weg.«

Ich betrachte den Vor-Herrn und gebe ihm recht. »Es spricht in der Tat nichts gegen eine Freundschaft mit Ihnen.« Der Schlächter Karl stolpert die letzten Meter auf uns zu und schnauft vor unseren Augen aus. Eine Menge Blut klebt auf seiner Schürze. »Kommen Sie gerade vom Schlachten?«

»Verzeihen Sie meinen Anblick, Herr Bote. Das letzte Huhn rannte nach seiner Enthauptung minutenlang blind durch die Schlacht-Halle. Es hat alles voll geblutet. Ich musste ihm mit meinem Beil ein Bein stellen, als es an mir vorüberzog. Um ein Haar wäre ich dabei gestorben.«

»Gut, dass Sie das nicht sind, Karl, und Sie das Huhn erwischt haben. Ist es »ordnungsgemäß« gestolpert?«

»Sozusagen! Die Haxen waren auf der Stelle ab und hinterher war das Huhn wehrlos. Ich erschlug es daraufhin endgültig.«

»Stolze Herren, die hier zusammenstehen. *Sie*«, richte ich mich kurzerhand an den Vor-Herrn. »Wollen Sie sicher keinen Blick in die *End-Halle* werfen?«

»Werter Bote, vergessen Sie, was ich gesagt hab! So es nach Härte verlangt, um ein Rennen zu gewinnen, dann soll meine Seele gefälligst erstarken! Gehen wir.«

»So mag ich Sie.«

»Was? Wovon reden Sie beide?«, fragt Karl erschrocken. »Wollen Sie den Ort der blutigen Tragödie in Augenschein nehmen?«

»Genau das wollen wir. Präsentieren Sie uns Ihr letztes Werk.«

15

ATEMNOT

»Narbenbär? Karl?« Neben mir flackert Licht. »Es geht mir gut.« Ich nehme die Fackel und erhebe mich. »Es muss am Sauerstoff gelegen haben, dass ich zusammengebrochen bin. Er ist in dieser Höhle praktisch nicht vorhanden. Was ist mit den Gefangenen?«

»Herr Oberkommandoführer, erinnern Sie sich an die letzten fünf Minuten?«

»Was meinen Sie?«

»Karl will dir sagen, dass er den Hünen mit einem gezielten Schuss erwischt hat.«

»Er ist tot? Ihr Narren! Ihr seid Nar-ren!!! Ohne ihn kann Schoasch unmöglich die Puppenschau darbieten! Karl! Sie sind ein Vollidiot! Niemand weiß, was dem Königspaar noch einfallen könnte. Was, wenn sie ihn auslöschen wollen und das dann nicht können, weil wir ihn zuvor aus dem Weg geräumt haben?«

»Was redest du? Das Königspaar interessierte sich von Anfang an einen Dreck für ihn. Sie wussten, dass und wie Schoasch ihn domestizieren würde.«

Demonstrativ entferne ich mich und frage mich, wo die Leiche des Hünen liegt. »Wo habt ihr sie hingebracht?«

»Wen?«

»Die Leiche des Hünen. Ich muss sie sehen.«

»Suchen wir sie«, sagt der Narbenbär. »Und die Frau. Sie lag auf seiner Schulter. Folgen wir der Blutspur. Sie wird uns zu ihnen führen.«

»Ich hätte geschworen, ich hab ihn verfehlt.«

»Nein, Karl, dein Schuss saß. Eine Kugel im Körper eines Hünen braucht Zeit, bis sie wirkt. Da ist das Blut.« Der Narbenbär deutet auf einen Blutstropfen auf dem Boden, den ich bis jetzt nicht gesehen habe. »Er wird sich in einen Stollen geschleppt haben und dort in diesem Augenblick mit dem Tod ringen.«

Wie konnte ich zusammensacken? Minuten meines Lebens sind weg.

»Marzi? Ist alles in Ordnung mit dir?«

»Die fünf Minuten – sind weg.«

Der Narbenbär legt eine Hand auf meinen Nacken. »Verlassen wir den Untergrund und finden den Boten. Welche Informationen das Königspaar auch hat, eines ist gewiss: Die *Zeit* wird verstreichen und diesem Tag rechtzeitig ein Ende setzen.

UNSEREM LETZTEN TAG AUF ERDEN – EIN ENDE SETZEN.

Klingt feierlich, meint ihr nicht?«

»Ja. Aber es wird kein Fest stattfinden. Ihr hattet euren Spaß, zumindest kurzzeitig. Auf uns kommen dunkle Stunden zu und in jeder einzelnen Stunde werden wir bangen, ob wir sie überleben. Die Puppenschau ist die Ouvertüre zur Tragödie, die uns erwartet.«

»Ein Schwarzmaler bist du, der beleidigt ist, weil er nicht selbst abgedrückt hat.«

Karl räuspert sich. »Ich glaube, ich sollte Sie unterbrechen. Der Alte sitzt dort und winkt uns.«

»Wo?!«

»Dort. Richtung Herz der Manufaktur. Er hält die Puppe fest.«

»Zieht eure Waffen und seid Männer.«
»Bleiben Sie, bleiben Sie exakt so sitzen, alter Mann!«

»Wo ist er? Wo ist Liokobo? Habt ihr Vögel ihn erschossen?«

»Nehmen Sie gedanklich Abschied von Ihrem langjährigen Untergebenen. Dem Hünen kann jetzt nicht mehr geholfen werden.«

»Ihr habt ihn verfehlt! Liokobos Zorn wird ihn Unerwartetes vollbringen lassen. Entweder verbiegt er die Gitterstäbe, oder er hämmert mit seinem Dickschädel so lange gegen die Sicherheitstür, bis sie aus den Angeln fällt. Wie auch immer, einen Weg nach draußen wird er finden. Die Konsequenzen tragt Ihr.«

»Verfallen Sie nicht dem Irrtum, die Vor-Herrschaft stünde ab sofort in Ihrer Abhängigkeit. Würde es mich gelüsten, Sie ebenfalls zu töten, täte ich es. Spielerisch fänden wir einen Weg, die Puppe so zu gestalten, dass sie dem Königspaar gefällt.«

»Du bestehst aus Wahnsinn! Nimm den Mund nicht zu voll. Sagt, was ihr wollt, oder verpisst euch von meinem Acker. Ihr gefährdet mit eurem Besuch die gesamte Puppenschau. Wollt ihr das? Ihr kennt das Königspaar.«

»Hüten Sie sich: Geht bei dem Puppenstück etwas schief, bleibt Ihr Leben, wie es ist. Ich stelle mir vor, dass *Sie* dann schnell der Wahnsinn packt. Ganz alleine. Hier, im Untergrund.«

»Ihr kommt, um sicherzustellen, dass die Frau tot ist. Unsere Bühneneinlage hat euch aus der Fassung gebracht. Aber atmet durch! Einerlei, dass die Frau lebt und sich, gemeinsam mit Herrn Flanell, aus dem Staub macht. Das Königspaar wird derart fasziniert sein von der Einmaligkeit dieser Puppe, dass es der dazugehörigen Leiche nicht bedarf. Ich werde es ihnen als Notwendigkeit verkaufen, der letzten Puppe extravagante Züge verliehen zu haben und, um diese Extravaganz zu erreichen, die Leiche weichen musste. Sepp und Herta werden nichts verstehen, aber verzaubern werde ich sie.

Im Übrigen habe ich die Frau darüber informiert, was hier jahrelang verbrochen wurde. Sie schien wütend auf euch. Seht zu, wie ihr damit zurechtkommt. Meine Freiheit ist es in Wirklichkeit nicht, die auf dem Spiel steht. Mein Weg ist vorgezeichnet.«

»Hat die Frau vorhin auf der Bühne tatsächlich geatmet? Dann hat der Bote den Narbenbär zu Unrecht verprügelt. Herr Oberkommandoführer, haben Sie gehört?«

»Da staunst du: Karl schlitzt dich auf, ohne dass er es selbst bemerkt.

Wenn der Alte die Wahrheit sagt, gilt es, schleunigst den Boten zu finden. Hat er dem Königspaar diese Information geliefert, könnten die Auswirkungen verheerend sein. Erinnere dich, was los war, als der König uns mit der Erschaffung jener einzigartigen *Puppen-Serie* beauftragt hat und zum Schluss das Malheur geschah und eine Puppe fehlte.«

»Duu! Narbenbär! Welches Arschloch stahl die Puppe?«

»Niemand stahl die Puppe.«

»Seid ihr noch zu retten?! Hier ist *Kunst* im Entstehen! Zieht ab oder macht euch nützlich.«

»...«

»Holt die Porzellanmasse aus dem Regal. Drittelt sie und ich erschaffe – in Anlehnung an eure Visagen – noch drei *Porträt-Puppen.*«

»Sie werden nicht die Puppenschau gefährden, indem Sie Ihre Aufmerksamkeit mehreren Puppen widmen. Geben Sie besser Acht, dass uns die Extravaganz nicht zum Verhängnis wird.«

»Und wer hält mich davon ab, vier Puppen zu gestalten? Du? Vielleicht arbeite ich an allen Objekten gleichzeitig. So wie früher: Da ein Handgriff und dort und schon folgt der Brand. Ihr müsst keine Angst haben, dass der Theatervorhang nicht pünktlich aufgeht.«

»Erzählen Sie uns von der Frau und nicht Geschichten Ihrer leidigen Existenz.«

»Geatmet hat sie, was wollt ihr hören? Dass sie es nicht tat? Ich hab es selbst gespürt. Und wie sie geatmet hat!«

»Reden Sie weiter, was ist dann passiert? Wie erklären Sie sich, dass ich den Hünen vorhin alleine antraf; heulend, mit einer Leiche auf seiner Schulter? Die Frau ist tot. Sie wissen das und wir.«

»Falsch! Die Frau lebt. Leugne nicht die Realität, du naiver Fantast.«

»Tot ist sie!«

»Wenn du meinst. Kommt mit und schaut zu, wie ich die Puppe bemale, aber verschont mich mit euren Kindereien.

Bis heute Abend, meine Herren, und seid vorsichtig, dass der Hüne und die Frau keine Dummheiten anstellen. Sie atmete und ist, wenn es stimmt, was Herr Flanell sagte, sogar satt. Ihr tut gut daran, besorgt zu sein.«

»Der Alte lässt uns einfach stehen, ich glaub´s nicht!«

»Ja, Karl. Schoasch scheißt auf uns, und ich verstehe ihn. Er ist absolut willens und fokussiert, heute Abend in seine Freiheit aufzubrechen. Weswegen sollte er sich mit uns abgeben? Er weiß, was er zu tun hat. Und *tut* es.«

»Man könnte glauben, du hältst große Stücke auf Schoasch. Es ist zynisch, ihm die Freiheit zu wünschen.«

»Zynisch? Was redest du, Marzi? Selbst wenn er den Rest seines Lebens auf einem Felsblock sitzen würde und in die Luft starren – solange der Fels über Tage liegt und Schoasch alleine darüber bestimmen darf, wie, weshalb und wie lange er darauf sitzt, ist seine Welt in Ordnung. Ihn ekelt der fremde Wille an, der ihn an den Untergrund kettet. Wäre dieser nicht, bliebe er vielleicht sogar hier.«

»Der Alte begab sich seinerzeit freiwillig in Gefangenschaft. Er trägt somit selbst die Verantwortung.«

Der Narbenbär fährt Karl an. »Du wärst geflohen?! Niemals! Das Königspaar hätte die gesamte Vor-Herrschaft mobilisiert, um Schoasch dingfest zu machen. Begreifst du das als Leben? Simpel nachzuvollziehen, warum er so handelte. Ihn trieb die Hoffnung an, das Königspaar durch seine Dienste zu besänftigen und bald in Ruhe leben zu können. Dass er während seiner Gefangenschaft alt werden würde, bedachte er wohl nicht. Falls doch, hätte es nichts geändert. Als er erfuhr, wozu man ihn einteilte, konnte er nicht mehr fliehen.«

»Ja«, sagt Karl. »Aber kalt wird es den Alten nicht lassen, wenn er sieht, dass seine ehemalige Heimatstadt nicht mehr existiert. Es war eine malerische Stadt, mit altertümlichen Häusern und bunten Gärten; bis wir sie in Schutt und Asche legten und den Abfall an die Hühner verfütterten.«

»Was auch immer ihn erwartet, mit dem er nicht gerechnet hat, er wird sich rasch darauf einstellen und dann ein zufriedenes Leben führen. Die Freiheit ist nicht gebunden an einen Ort.«

»Falls das stimmt, hätte er auch im Untergrund diese Freiheit haben können.«

»Das sagte ich doch gerade: die Freiheit der Gedanken. Nichtsdestotrotz schränkt der Wille des Königspaars Schoaschs physische Freiheit massiv ein. Die Gitterstäbe an der Bühne stecken die Grenzen seiner Lebenswelt ab.«

»Traurig.«

»Ja.«

»Lassen wir das Gerede und suchen den Hünen. Ihr tut so, als hätten wir alle Zeit der Welt.«

»Die hätten wir, Marzi, wenn wir die Suche bleiben ließen.«

»Wenn ihr ihn erschossen habt, werden wir ihn rasch finden.«

Karls Blick verrät, dass er nicht weiß, ob er den Hünen getroffen hat. »Ich hoffe es, Narbenbär. Ich war nicht darauf eingestellt, ihn zu erschießen.«

»Du hast spontan reagiert. Ein makelloser Treffer. Marzi? Sein Tod müsste dir eigentlich zusagen.«

Ich merke, dass ich schneller werde. »Ich habe nichts gegen den Hünen. Er ist mir bloß unheimlich. Wir wissen weder, woher er kommt, noch wie er unter seiner Erziehung gelitten hat.«

»Blutstropfen!«, ruft der Narbenbär aus.

Ich trete näher und überprüfe, ob es sich dabei um –

»Eingetrocknet. Dieses Blut kann nicht von dem Hünen stammen.«

»Dann zücken wir unsere Waffen. Er könnte jeden Augenblick um eine Ecke biegen.«

»Für dich ist das alles ein Spaß. Herr Flanell mag dem Königspaar egal sein, aber du –«

»Sei jetzt still. Verziehen wir uns. Wenn wir auf dem Rückweg den Hünen nicht sehen, vergessen wir ihn einfach. Habt ihr die Puppe gesehen? Schoasch hat ihr einen übergroßen Schädel verpasst. Ich bin neugierig, wie er sie vollendet.«

»Hoffentlich wagt der Alte damit nicht zu viel«, sagt Karl. »Einen solchen Riesenkopf hatte noch keine Puppe.«

»Schoasch weiß, was er tut.«

Ich bin überrascht, wie positiv sich der Narbenbär über ihn äußert. Er hat nie angedeutet, Sympathien für ihn zu hegen. Ist Schoasch zu bedauern? Oder gehört er zu jenen Menschen, die bis zu ihrem letzten Atemzug nicht aufhören, für ihre Träume und Vorstellungen zu kämpfen? Trifft ihn irgendeine Schuld am Untergang der Welt? Tragen *wir* Schuld am Untergang der Welt?

»ICH?«

»Marzi? Du benötigst dringend Frischluft.«

»Ja, dieser Ort zwingt mich in die Knie. Ich bin froh, dass du darüber lachst. Es macht die ganze Sache erträglicher. Beschleunigen wir unsere Schritte.« Ich erhöhe das Tempo so weit, dass Karl noch folgen kann, und halte Ausschau nach dem Hünen. Was hat Herr Flanell in der Vergangenheit durchlebt? Hat Schoasch ihm Gewalt angetan? Oder ist er mit bloßen Worten in die Hünenseele eingedrungen? »Nirgendwo ein Tropfen Blut«, bemerke ich.

»Vergiss das Blut.«

Ich vergesse das Blut, den Hünen und die Frau und frage mich, was die Vor-Herrschaft in der Zeit unserer Abwesenheit getan hat. Haben die Vor-Herren das Fest fertig vorbereitet? Wird es stattfinden? Wenn es nur schon vorbei wäre! Nie wieder werde ich einen Fuß in den Untergrund setzen. »Karl?«

»Ja, Herr Oberkommandoführer?«

»Sie wollten bei unserem Aufbruch wissen, ob ich denke, dass der Narbenbär im Untergrund empfindliche Schäden anrichten kann. Erwarten Sie auf Ihre Frage noch eine Antwort?«

»Die Hochsicherheitstür! Der bezauberndste Anblick seit langem! Sand! Schwarzer Sand! Ich werde mich wälzen darin! Pfeif auf den Boten! Auf alles! Schüttet diesen Ort zu!« Ich betrachte das Lachen des Narbenbären und verdränge, den Untergrund betreten zu haben. Zweimal. Innerhalb weniger Stunden. Ich stecke die Fackel zurück in die Halterung, entriegle das Schloss und – »Raus mit uns!«

»Zu! End-lich zu! Dieser abscheuliche Ort liegt hinter uns. Was haltet ihr von ein paar Gläsern Wein? Dann verzichte ich auf mein Sandbad und beneble stattdessen meine Sinne.«

»Sind sie das noch nicht, Marzi? Du hättest dich im Untergrund erleben müssen. Es war das reinste Theater mit dir.«

»Spar dir deine Worte. Unsere Untergrundvisite hatte keinerlei Nutzen, das weißt du doch? Wir haben Zeit verloren. Der Hüne ist tot; oder auch nicht. Die Frau? Wir wissen nichts über sie. Haben wir uns nicht ihretwegen auf den Weg begeben? Vergessen wir, was geschehen ist und beginnen von vorn. In Wahrheit haben wir uns zum Affen gemacht.«

Karl keucht und der Narbenbär wirkt nachdenklich.

»Was beschäftigt dich?«

»Das *Nichts,* Marzi – und der Bote.«

»Das Nichts?«

»Über weite Strecken herrscht im Universum völliges Nichts. Das ist fesselnd. Ich frage mich, auf welchem Planeten wir uns niederlassen werden und wie lange unser Flug dorthin dauern wird.«

»Es ist erstaunlich, welche Gedanken dich bewegen. Der Aufenthalt im Untergrund ist an dir nicht spurlos vorübergegangen. Schlägt also auch in deiner Brust ein zartes Herz.«

»...«

»Ist der Narbenbär wieder weg?«

»Es sieht so aus, Karl. Lassen wir ihn mit seinen Gedanken an das Universum allein. Haben Sie den Hünen verwundet oder nicht?«

»Ich weiß es nicht, Herr Oberkommandoführer. Ich weiß es wirklich nicht. Gerade hielt ich Sie noch fest, als mich der Narbenbär aufforderte, den Hünen zu erschießen. Es ging alles so schnell.«

»Machen Sie sich keinen Kopf. Irgendwie wird es weitergehen. Sehen wir im Festsaal nach der Vor-Herrschaft und suchen anschließend den Boten. Mein Gefühl sagt mir, dass er im letzten Moment zur Besinnung gekommen ist. Wahrscheinlich feiert er längst mit den Vor-Herren und stößt darauf an, dir, Narbenbär, eine Tracht Prügel verpasst zu haben.«

»...«

»Hoffentlich haben Sie recht.«

16

DUNKLE VORZEICHEN

War es vernünftig, nach dem Königspaar zu rufen? Die Vor-Herrschaft hält die Brachialhühner fest und vermittelt den Eindruck, dass sie jeden Augenblick das Weite suchen wird. Der Oberkommandoführer ist gezwungen, Geduld zu bewahren und wartet, wie ich, auf eine Antwort aus dem Inneren der Kutsche. Stufen ächzen, ansonsten dringt kein Mucks nach drauß – »Diese Ratte weiß, dass ich Geschrei verabscheue! Und ohne königliche Anrede! Der wird sich noch wundern.«

»Herta, wundern?«, sagt Sepp. »Es wird Schoasch gefallen!«

»Sei es, wie es sei, ein derart rüpelhaftes Verhalten muss bestraft werden. Wir nehmen diese Unsitte als offizielle Begründung für seine Gefangennahme.«

»Nein, Herta, das wäre unglaubwürdig. Den Brief hat man ihm längst zugestellt. Aber ist es nicht wundervoll, dass er für uns angetanzt kommt? Wir haben diese *Porzellangeschichte* eines Abends aus Langeweile ersonnen und jetzt steht Schoasch vor unserem Tor und weiß nicht, wie ihm geschieht.«

»Trotzdem hat er nicht zu plärren, nimm ihn nicht in Schutz!«

»In Schutz?! Laber keinen –«

»Trau dich! Dann wirst du sein Assistent und ich erziehe mir den Hünenjungen zu einem göttlichen Liebhaber.«

»Herta, mach keine Scherze! Und pass auf deine Krone auf!«

»Ich mein es ernst.«

»...«

Porzellangeschichte? Hüne? Mit einem Tuch wischt der Oberkommandoführer seine Stirn ab und nimmt Haltung an. Ich nehme eine Hand aus der Hosentasche und warte. Sogar die Hühner werden still. Durch den Torspion sieht mich ein Auge an. »Herta, bist du es? Ich fasse es nicht, dass ihr euch vermählt habt. Meine Königin! Wobei darf ich behilflich sein?« Der Spion verdunkelt sich und das Tor schwingt auf.

»Schoasch!«, ruft sie und hält sich die Krone. »Du Ratte! Und Sie, Herr Oberkommandoführer, Sie bereiten im Theater alles für den Einzug der Gefangenen vor. Abmarsch!« Der Oberkommandoführer wendet sich ab und ordnet seiner verdutzten Mannschaft den Abzug an.

»Ganz die Alte.« Ich betrachte Herta in dieser Robe und möchte ihr sagen, dass sich jedes Missverständnis zwischen uns durch Reden aus der Welt schaffen lässt, bringe es aber nicht über meine Lippen.

»Schön, dass du da bist. Nach dem, was geschehen ist. Du erinnerst dich an die Geschichte im Restaurant? Woran du mitgewirkt hast, ist unverzeihlich.«

»Wovon sprichst du?«

»Hoheit! Künftig: *Eure Ho-heit!*«

»Her-ta! Ihr nehmt mich grundlos fest? Und was ist mit dem Huhn? Ihr zähmt es? Ihr tickt aus!!!«

»Die Hühner sind für unverzichtbare Dienste vorgesehen. Es wäre töricht, sie nur zu essen. Aber besprechen wir das nicht im Torbogen. Tritt ein, die Kutsche ist exquisit eingerichtet. Trinkst du ein Gläschen Wein mit uns?« Hinter Herta erscheint Sepp und begrüßt mich: »Gut, dass du gekommen bist.«

»Machst du Witze? Ihr schickt eine Horde Vor-Herren aus, um einen friedliebenden Menschen von zu Hause abholen zu lassen. Niemals stünde ich vor euch, hättet ihr diesen Irrsinn nicht eingefädelt. Was wollt ihr von mir? Ich habe keine Zeit für eure Spinnereien.«

»Benimm dich uns gegenüber angemessen.«

»Du Vollpfosten! Ich sitze gemütlich im Schaukelstuhl und werde von geschmückten Vor-Herren zu einer exorbitanten Kutsche – zu einem Haus auf Rädern dirigiert! Was immer ihr vorhabt – ohne mich, ich bin weg.«

Herta wird unruhig. Auch Sepp wirkt überfordert. Ich drehe mich um und gehe.

»Schoasch, du unterhältst dich mit uns!«

»Leck mich!«

»Duu!!! Ratte! Sepp, unternimm was!«

Ich werde schneller und höre ihn: »Herta! Was soll ich tun? Schoasch, rede mit uns! Du wirst sehen: Die Herausforderung ist reizvoll! Du bekommst sogar einen Hünen als Gehilfen!« »Idiot!«, schimpft Herta und versetzt ihm eine schallende Ohrfeige. »Verrat nicht alles.«

Ein Hünengehilfe? Weckt nicht meine Neugier.

»Der Oberkommandoführer muss ihn auf der Stelle zurückbringen! Mach was, Sepp!«

»Und was?! Soll ich ihm nachlaufen?«

»Zum Beispiel, du faules Trum!«

»Ich gehe jeden Tag eine Runde durch den Palast. Und du?«

»Du Mistratte! Zieh ab und bring mir Schoasch!« Das Tor knallt zu und vor meinem geistigen Auge erblicke ich Sepps unentschlossenes Gesicht. Ich kenne ihn und weiß, dass er keine Ahnung hat, was er tun soll. Denn egal was er macht, Herta wird nie zufrieden sein. Während ich in eine Seitengasse einbiege, überdenke ich meine Situation.

Gleich, wie dämlich sie sind, oder was ich von ihnen halte, sind sie rechtmäßig das Königspaar. Planen sie, mich für ihre Machenschaften zu missbrauchen, werden sie nicht eher ruhen, bis sie mich finden. Kann ich irgendwohin fliehen? Sollte ich fliehen? Oder beuge ich mich und genieße im Anschluss, in ihrer Gunst gestiegen zu sein? Wie lange würde ich von zu Hause weg sein? Mir stünde ein Hüne bei? Wie groß mag dieser sein und woher kommt er? Könnte ich ihn mir nach meinen Vorstellungen zurechtbiegen? Was soll ich tun? Porzellan. Puppen? Geschirr? Wozu verwendet man Porzellan noch? Wobei würde mir der Hüne zur Hand gehen? Ich werde mir ein Bild davon machen, was mich erwartet. Der Oberkommandoführer wird sich vor Ort gewiss um mich kümmern. Um den Rest zerbreche ich mir nicht den Kopf. An der Straßenecke halte ich Ausschau nach Sepp, sehe ihn aber nicht. Auch die Vor-Herrschaft befindet sich außer Sichtweite. Ich wechsle die Straßenseite und folge dem Gehsteig, als Sepp nach mir ruft: »Schoaasch! Du wirst deine Tätigkeit lieben! Himmel, du kennst Herta! Bringe ich dich nicht zu ihr, lässt sie mich vor der Kutsche verhungern!«

»Verhungere.«

»Verreck!!!«, hallt Hertas Stimme durch ein Megafon.

Ich verstecke mich hinter einer Blechtonne und beobachte verstohlen die Straßenkreuzung, in die gleich die Kutsche einfahren wird.

»Schoasch, da hörst du sie! Stifte keinen Unfrieden. Du wirst die Rechnung dafür bezahlen.«

Ich bin überzeugt, die Rechnung zu bezahlen; und liefere mich euch dennoch halb-freiwillig ans Messer. »Torheit treibt mich an.« Entschlossen trete ich hinter der Blechtonne hervor und stolziere zur Straßenmitte. Im Schneidersitz ergebe ich mich vorübergehend meinem Schicksal.

»Virtuos: diese Lippen! Schonend gebrannt, wird die Puppe das Königspaar ins Ekstase versetzen.« Wie in Trance begutachte ich das abstrakte, strahlende Lachen und erinnere mich an mein erstes Gespräch mit dem Hünen unter vier Augen.

»Na, Hüne, wie alt bist du?«, frage ich ihn, weil ich nicht glauben kann, dass er ein Kind ist. Sein Gesicht ist zwar kindlich, trotzdem – Ich stehe aufrecht und starre ihm direkt in die Augen!

»Dei.«

»Drei?!« Nachdenklich entferne ich mich ein paar Schritte und frage ihn: »Kannst du das *r* noch nicht aussprechen, oder bist du dafür zu blöd?« Hündisch blickt er mich an und weiß nicht, was er sagen soll. »Wie groß wirst du, kannst du *das* sagen?« Der Hüne verneint. »Du weißt es nicht? Das ist gut. Weißt du, was *Größe* bedeutet?«

»...«

»Noch besser. Ich erzähle dir nun etwas und befehle dir, meine Worte bis zu deinem allerletzten Atemzug nicht zu vergessen. Hast du das verstanden? Weißt du, was ein Befehl ist?!« Rauer Ton versetzt ihn also in Angst. »Artiges Hünchen. Du befindest dich auf dem besten Weg, daunenzart zu werden. Ich habe bereits einen Namen für dich. Bevor ich ihn dir verrate, hörst du mir aufmerksam zu.« Ich packe ihn an den Schultern, schüttle ihn und fixiere ihn mit todernstem Blick. »Wir stehen uns hier und jetzt gegenüber und sind *gleich groß*. Nick, wenn du verstehst, was ich meine. Sieh her, Dummkopf: Das – ist – Nicken. Du bewegst bloß deinen Kopf auf und ab.« Er ist ganz verstört. Immer wieder weicht er zurück, entkommt meinem Griff aber nicht. Schon lernt der Hüne, nicht aus zu können. »Nick endlich!« Er nickt mit Tränen im Gesicht. »Wir haben dieselbe Grö – nicht wegschauen!« Reflexartig schnalze ich ihm eine. »Schau mir in die Augen und heul nicht! Wir sind gleiich grooß, aaber, und das ist das Wesentliche! Nur in diesem Augenblick sind wir das. Noch heute Nacht wirst du zu wachsen beginnen. Immer weiter wirst du in die Höhe ragen, bis du dich in der Manufaktur irgendwann nur mehr gebückt fortbewegen kannst, aber das ist egal. Denn die gebückte Haltung ist die, die du dir einprägen musst. Schau zu. Das – ist – ein – Buckel. So wirst du eines Tages aussehen und dich fühlen.« Ich verharre einige Sekunden in der Buckelstellung, um ihm ein bleibendes Bild zu vermitteln. »Siehst du, schon weißt du auch, was ein Buckel ist. Merkst du, wie gescheit dich eine einzige meiner Lektionen macht?« Ich richte mich auf und setze dem Hünen zu. »Je weiter du dich zur Decke streckst, desto kleiner wirst du in Wirklichkeit sein. Das verstehst du nicht, aber so wird es sein. Ruf dir meine Worte in den nächsten Wochen und Monaten immer wieder in Erinnerung. Sprich sie dir deutlich vor. Ich verspreche, ich werde dir helfen, diese Worte zu verinnerlichen. Da schau hinauf!« Ich packe sein Kinn und zwinge ihn, die Höhlendecke anzustarren. »Mit jedem Zentimeter, den du wächst, wirst du dich kleiner und schwächer fühlen. Geradezu elend. Verglichen mit dir werde ich dann ein Bär sein. Weißt du, was ein Bär ist?« Der Hüne verneint.

»DU – SPÄTER – DORT – OBEN – MIT – BUCKEL! ICH – DA – ABER – DIR – HAUSHOCH – ÜBER – LEGEN!«

Ich verfolge seine Reaktion und bin überzeugt, dass der Hüne die erste Lektion gelernt hat. Ich richte seine Jacke und reiche ihm zur Versöhnung ein benutztes Taschentuch. »Sei nicht traurig. So hab ich es nicht gemeint. Zu dir passt *Milchglasgesicht*. Aber ich habe bereits einen Namen für dich, Liokobo.

LIOKOBO FLANELL.

Weil du streichelweich bist und sofort weinst, wenn man dich anpackt. Gefällt dir dein Name? Wir schießen ein Foto von dir und eines von uns zusammen. Du weißt hoffentlich, wie man lacht?« Er weiß es *nicht*. »Schau: Das – ist – Lachen. Du schaffst das.« Ich forme meine Lippen zu einem Lachen und verhelfe ihm mit meinen Fingern zu demselben, wunderschönen Lachen und ihm gefällt es! »Da siehst du, es ist ganz einfach. Versuch es gleich ohne meine Hilfe. Erstrahle vor Freude! Weil wir die Zukunft gemeinsam bestreiten dürfen. Unser Beitrag für die Welt ist ein großer, also lach! Lach ganz herzlich!« Ich benötige meine zweite Hand, um Liokobo begreiflich zu machen, wie man *wirklich herzlich lacht*. »Siehst du, das ist ein Lachen! Jetzt noch schnell deine Tränen wegwischen und dann – ein Foto! Ich werde dich auf einem Foto festhalten! Darüber freust du dich bestimmt. Je reiner dein Gesicht darauf scheint und je schöner dein Lachen, umso trügerischer wird das Foto sein.« Ich streichle ihn kurz und trockne seine Tränen. »Genauso bleib stehen, dieser Blick ist es, bewahr ihn einen Moment!« Eilig ergreife ich die Kamera und drücke ab. Faszinierend. »Du machst das toll, als hättest du bis heute immer gelacht! Zieh deine Lippen noch höher. Schau: so!« Liokobo bemüht sich hartnäckig, ein perfektes Lachen aufzusetzen, versagt aber. »Nun denn, lass gut sein. Ein Foto von dir ist genug. Noch eines von uns zusammen, dann existieren zwei erlesene Erinnerungsstücke. Hat dich das Königspaar darüber aufgeklärt, was in dieser Untergrundmanufaktur geschehen wird? Was deine Aufgaben sein werden?«

»...«

»Ist dir bewusst, wofür wir gefangen genommen wurden? Kennst du den Begriff Gefangenschaft? Nick, falls du mich verstehst.« Er nickt, aus welchem Grund auch immer.

»Wir werden Menschen verarbeiten. Tote Menschen. Zu Puppen. Puppen erheitern die Menschheit seit jeher. Deswegen werde ich künftig auf jeder Puppe ein strahlendes Lachen hinterlassen. So eines, wie du es nun beherrschst. Ja, schön, ich sehe, dass du lachen kannst. Vergiss für heute Abend, dass du jede einzelne Leiche ausweiden wirst und verarbeite in Ruhe unser erstes, angenehmes Gespräch.

Ich mag dich, Liokobo. Das kannst du mir wirklich glauben.«

Ist Liokobo tot? Ich muss mich sputen, wenn ich die Puppenschau alleine geben muss. Wird dem Königspaar das Lachen gefallen? Besonnen betrachtet erscheint die Einzigartigkeit dieser Puppe bloß logisch. »Vergiss den Hünen. Deine Freiheit wackelt.«

17

HOLT, ALLE MANN, SCHNEE

»Fabelhaft, dem Schnee zuzusehen und sich Zeit zu nehmen für einen kleinen Plausch.« Der Lektor ist so vertieft in die Schneeflocken, dass sich kaum seine Lippen bewegen, während er spricht. »Immer wieder ist es wie beim allerersten Mal, wenn sie zum Ausklang des Jahres vom Himmel schweben. Augenblicklich besänftigt es mein Herz. Als erblicke es selbst die Flocken.« Mit Mühe steht er auf, um mehr von der mit Schnee verzauberten Welt zu sehen. »Da! Sieh nur, Lisa: das Kind. Siehst du, wie es lächelt? Ich sag's immer: Schnee macht die Menschen glücklich. Holt, alle Mann, Schnee!«

Das kindliche Verhalten dieser alten Gestalt berührt mich im Innersten. Seine Arme zittern vor Anstrengung. Ich stehe auf, um das Kind auf der anderen Straßenseite zu betrachten. Den Wollmützenkopf im Nacken kostet es im Laternenschein mit ausgestreckter Zunge den rieselnden Schnee. Es ist schön zu sehen, wie selig es ist und an nichts andere denkt, als das, was sich vor seinen Augen abspielt.

UNBESCHWERTES KINDSEIN.

»Sie sind unsere Zukunft!«, verkündet der Lektor und setzt sich. »Und auch du, Lisa, wirst deinen kleinen Teil zu ihrer Erfüllung beitragen. Du Blume des Lebens.«

Was soll ich erwidern? Mir fehlen die Worte. Jahre würde ich dem Lektor schenken, wenn er sie mir dafür widmet. Ich spüre, wie ich seine Hand brauche. Wie lange hat es gedauert, da Platz zu nehmen! In der Stube des Lektors, in der er, ohne Blitzlicht, seit Jahrzehnten den Rotstift schwingt. Wie viele Walzer haben sie zusammen getanzt, ehe die Schriftsteller aufs Parkett schritten? »Wie haben Sie es Ihr Leben lang ertragen, *hinter* dem Vorhang zu stehen?«

»Bücher ließen sich füllen mit der Beantwortung deiner Frage, das weißt du. Du spielst mit inhaltsschweren Metaphern. Nur so viel: Auch hinter Vorhängen lässt es sich anständig leben, da darfst du dir sicher sein. Nicht jeder Mensch muss eine Bühne betreten, das wäre auch falsch. Jedes einzelne Leben für sich birgt seine eigenen Spektakel. Und ich habe meine bescheidenen Spektakel ebenfalls genossen.« In seinem Statement schlummert eine Herausforderung. Er umgeht jetzt meine Frage.

»Ein frisch abgefasster Text benötigt geraume Zeit des Ausliegens, ehe seine Präparation zur Veröffentlichung vonseiten der Schriftsteller angegangen werden kann. In diesem Stadium sollte kein Verlag ein Manuskript zu Gesicht bekommen.

IN EINEM SPERMIUM LIEGT DIE SPÄTERE SCHÖNHEIT DER SCHÖPFUNG NOCH UNKENNTLICH VERBORGEN.

Es erfolgt die obligatorische Ablehnung.

Es ist nachvollziehbar und wohl allzu menschlich, dass unerfahrene Schriftsteller ihren Kopf gar nicht schnell genug hinter dem Vorhang hervorstrecken können. Die Rohversionen ihrer Meisterwerke zu Papier gebracht, lesen sie feurig im Geiste vor großem Publikum daraus vor. Und schwänzen sorglos die zahllosen Proben, derer es bedarf, ehe ihnen der Applaus wahrhaft vergönnt sei. Niemand applaudiert einem einzelnen Spermium.«

»Ich mache Ihnen nichts vor, mir ist es genau so ergangen.«

»Wem nicht, Lisa?! Wem nicht? Manch gehaltvolles Buch liest sich derart leicht, dass man nicht glauben kann, dass in ihm eine Menge Arbeit steckt. Man gerät in einen Sog, zurück bleibt das Gefühl tiefster Befriedigung. Weil die Sprache, die die Geschichte erzählt, natürlich und nicht abgehoben anmutet wie die eines verhärmten Professors. Wer mag da schon an Arbeit denken!«

»Alle Schönheit Ihrer Sprache gibt keinen Aufschluss darüber, wie Sie Ihre Lebensjahre hinter dem Vorhang ertragen haben.«

»Ha! Atmosphäre!«

Ich betrachte den Lektor und will ihm mitteilen –

»Atmosphäre und ihr Entstehen! Du musst den Titel dieses Kapitels ändern. Er lautet: *ATMOSPHÄRE!*«

»Sie zum Leben zu erwecken durch das Abfassen einzelner Sätze –«

»Atemberaubend, wie wahr! Es nimmt einem den Atem, wenn du Dinge liest wie:

SCHÄUMENDES BLUT SPUCKEND GEHT DER MANN ZU BODEN UND SCHIELT MIT TODESVERACHTUNG ZU SEINEM KONTRAHENTEN.

Und eine solche Szenerie am Anfang eines Textes! Ohne eine Bemerkung zum Setting. Es braucht keine, wenn man das Geschehen kompromisslos formuliert. Du siehst das Opfer vor deinen Augen, wie es daliegt, besiegt durch den erbarmungslosen Kontrahenten. Und wenn du weiterliest und verblüfft feststellst, dass es keineswegs nur Opfer ist, da es das Blut in seinem Mund wie teuersten Wein verkostet und provokant befindet: »Es schmeckt vortrefflich!«

Wofür ein Setting, wenn man schäumendes Blut kredenzt?

Ein *Versprechen*, Lisa. Es war ein Versprechen, das diese Schriftstellerin in dem Augenblick ablegte, als sie mir das Blut des vermeintlichen Opfers servierte. Das Gelöbnis, die Bildgewalt ihrer Worte beizubehalten und die Geschichte in dieser Gangart fortzusetzen. Das Buch wurde nie veröffentlicht. Obwohl wir es Seite an Seite gnadenlos lektorierten. Ihre Geschichte gehört zu den intensivsten, die ich in meinem Leben je las.

Trug die Schriftstellerin zur literarischen Zukunft bei? Oder minderte die Nicht-Veröffentlichung ihrer Schrift den Wert ihrer Arbeit? Es beruhigt dich wahrscheinlich, dass ich selbst mit Zweifeln ringe, wenn ich Literatur vergleiche, die es zur Publikation schafft, mit jener, deren Bedeutsamkeit einem überschaubaren Lesekreis vorbehalten bleibt.«

»Es liegt auf der Hand«, sage ich und zeige Haltung. »Sie *trug* dazu bei. Auch, wenn ihre Geschichte keinen einzigen Leser fand.«

»Und bedenkst du, dass auch deine Arbeit unveröffentlicht ist? Betrachtest du die Angelegenheit objektiv? Was, wenn ich dir raten würde, diese Geschichte nie zu veröffentlichen? Zumindest zuzuwarten ein paar Jahrzehnte, um am Ende des Weges, als krönenden Abschluss deines künstlerischen Schaffens, sie zur Interpretation freizugeben.«

18

PENIBLE INSPEKTION

»K arl, was will diese verfluchte Henne von uns? Sie verfolgt uns im Gehege auf Schritt und Tritt.«

»Das wüsste ich auch gerne, Herr Bote. Haben Sie sie gereizt? Die schwarze Henne ist bis heute nie unangenehm aufgefallen.«

»Wie kommen Sie auf diesen Schwachsinn? Wir sind gerade angekommen, es war keine Zeit, ihren Unmut zu erwecken.«

Der Vor-Herr indes bereitet sich, unberührt von unserem Gespräch, auf das Kommende vor. »Was genau erwartet uns hinter dem Tor?«, fragt er Karl.

»Ein Blutbad. Das Huhn muss gleich kopfüber ausbluten, es tut mir leid. Erst danach kann ich das Trum aushöhlen. Es ist das dreizehnte und letzte Huhn für heute Abend. Was für eine Schinderei!« Er drischt sich zweimal auf den Kopf und marschiert weiter, als wäre nichts gewesen.

Ich beobachte das Gesicht des Vor-Herrn und fasse sein dezentes Nicken als Beteuerung auf, den Besuch fortzusetzen. Sein Kehlkopf hüpft auf und ab und seine Uniform scheint enger anzuliegen. Ich achte ihn, obwohl ich nicht vergessen kann, dass er an der Geburt des Biests beteiligt war. Es wird für immer in meinem Gedächtnis eingebrannt sein. »Sie stehen das durch, ich glaube an Sie. Halten Sie sich vor Augen, womit Sie bereits gelernt haben umzugehen.«

»Gewiss, werter Bote. Karl. Wie konnte sich das Huhn nach der Schlachtung befreien und herumlaufen? Die Hühner werden doch festgezurrt.«

»…«

»Karl, bitte antworten Sie dem Vor-Herrn. Waren Sie fahrlässig? Sie müssen mit wachen Sinnen bei der Sache sein, um Unfälle zu vermeiden.«

»Unterstellen Sie mir nicht mangelnde Gewissenhaftigkeit, Herr Bote, ich habe die Schlachtung korrekt vollzogen! Sowie das Fallbeil der Guillotine den Hals abtrennte, mobilisierte das Huhn alle Kräfte, sodass die Gurte rissen. Anschließend ging es nur darum, es zu erwischen, ehe es mich erwischt. Es handelt sich bei diesem Vorfall um eine absolute Ausnahme, bitte glauben Sie mir. Die Hühner werden hier bedingungslos artgerecht geschlachtet.«

»Ich frage mich, warum Sie so nervös sind. Es interessiert mich einen Dreck, ob das Huhn litt, bevor es krepierte. Entsprechen Ihre Schilderungen der Wahrheit, hat es sein Leben spektakulär verloren und ich will diese Sensation sehen. Ob Sie es mit einem Vorschlaghammer, dem Fallbeil, oder einer Maschinenpistole erlegten, ist mir gleichgültig. Ich rate Ihnen bloß, dass es nicht mehr lebt, wenn wir die End-Halle betreten.« Es gefällt mir, Karl mit der Kraft meiner Worte zu dirigieren. Er ist ein einfach gestricktes Wesen; mühelos zu durchschauen und zu lenken.

Dass Hühner nach dem Köpfen zucken, ist nichts Neues. Ich sah dieses Schauspiel oft. Exorbitantes Kräfteentwickeln im Augenblick des Sterbens *ist* jedoch sonderbar, was die Inspektion dieses Kadavers spannend macht. Ich hoffe bloß, der Vor-Herr übergibt sich nicht. »Entspannen Sie sich: Es existieren Exemplare von Hühnern mit derart ausgeprägtem Überlebensinstinkt. Ihr Aufkommen ist jedoch nicht die Regel.«

»Ich vertraue auf Ihre Worte, werter Bote.«

Beim Tor angekommen überlasse ich Karl den Vortritt und bestärke den Vor-Herrn, ihm zu folgen. »In meinem Geist haben sich nach Karls Ausführungen bizarre Bilder manifestiert. Aber so dramatisch, wie er die Szene beschreibt, wird es sich wohl nicht zugetragen haben.«

Beim Anblick der End-Halle erbricht der Vor-Herr unvermittelt seinen Mageninhalt. Rasch springen Karl und ich zur Seite, um nichts abzubekommen.

»Karl!«, rufe ich erregt aus. »Ihre Geschichte stimmt, ich habe Sie unterschätzt! Es ist ein Schlachtfeld! Ist dieses Exemplar vor unseren Augen das Ungetüm, von dem Sie sprachen? Wie oft haben Sie zugehackt?«

»Um ganz sicherzugehen, sehr oft.«

Das monströse und zerfetzte Huhn liegt in seiner eigenen Blutlache und hat sein Leben hinter sich. »Haben Sie daran gedacht, wie man es jetzt noch anständig zubereiten kann?«

»Herr Bote?! Es war ein Kampf ums Überleben!«

»Trotzdem handelt es sich um ein schlichtes Speisehuhn und die Haut sollte beim Grillvorgang nicht eingerissen sein. Diesem Huhn ein gutes Aroma zu verleihen, ohne das Fleisch auszutrocknen, wird wahrlich eine Herausforderung sein.«

»Herr Bote –«

»Ich scherze, Karl, Sie brauchen sich nicht zu sorgen. Setzen Sie Ihre Arbeit fort. Wenn Sie eine Schürze finden, entledige ich mich meiner Uniform und gehe Ihnen zur Hand.«

»Sie wollen mir helfen, das Huhn auszunehmen? Sie sind der Bote! Wenn das die Runde macht!«

»Auch Boten benötigen zuweilen Abwechslung von ihrem grauen Alltag. Bringen Sie mir eine Schürze.«

Einen Moment lang sieht er mich bestürzt an und holt schließlich aus einem Schrank eine Schürze. Im Hintergrund übergibt sich der Vor-Herr ein weiteres Mal. Mein Blick schweift durch die End-Halle.

Die Guillotine steht im Zentrum. Der Auffangbehälter ist zur Hälfte mit Hühnerköpfen gefüllt. Millionen Federn schwimmen im Blut getöteter Hühner. Ein Dutzend gerupfte und ausgehöhlte Hühner hängen an Ketten von der Deckenkonstruktion und warten auf ihre Weiterverarbeitung. Der Brühbehälter, in dem das Sieden vollzogen wird, ist auf Temperatur; der Rupf-Automat bereit für seinen letzten Einsatz an diesem Abend. »Wie gehen wir vor, Karl? Das Huhn wird zuerst in heißem Wasser »gebadet«, richtig?«

»Korrekt. Es darf nicht über siebzig Grad haben, sonst –«

»Sprechen Sie weiter. Sonst reißt die Haut ein, nicht wahr? Wollten Sie das sagen?«

»Ja. Hätten Sie bloß gesehen, wie aggressiv das Huhn mir gegenüber war! Dann hätten Sie Verständnis.«

»Ich habe Verständnis.«

Verunsichert überreicht er mir die Schürze und bereitet den Kettenzug vor, der das Huhn in den Brühbehälter taucht.

Ich beginne, mich umzuziehen. »Erst hinterher lassen

wir es ausbluten?«

»Ja.« Fachkundig befestigt er Gurte am Kadaver und hebt ihn maschinell vom Boden. Die mörderische Kreatur schwebt kopfüber durch die End-Halle. Karl bringt das Huhn über dem Brühbehälter in Position, tariert es aus und lässt es dann ins Wasser stürzen.

Das *Huhn*, Lichtjahre entfernt von seiner Heimat, so zu sehen, hat etwas Übersinnliches, Heroisches an sich. Es bewegt, dass wir dieser fremdartigen Lebewesen Herr geworden sind.

WIR HABEN SIE GEBROCHEN. SIE HABEN SICH GEFÜGT.

»Ein unübertroffener Anblick, Karl!«

»Genießt man ihn so oft wie ich, Herr Bote, nimmt man es nicht mehr ernst, dass einmal Hühner existierten, die einen Bruchteil dieser Größe aufwiesen.«

»Davon spreche ich nicht. Es rührt mich zu Tränen, dass wir dem Huhn dermaßen überlegen sind.«

»Wie meinen Sie das?«

»Ich meine, dass wir sie um die Fähigkeit bringen, selbstständig für ihr Überleben sorgen zu können. Wir unterwerfen sie endgültig! Wie steht mir die Schürze?«

»Ausgezeichnet.«

»Sehr gut, werter Bote«, höre ich hinter mir den Vor-Herrn, drehe mich um und sehe, dass er sich ausreichend erholt hat, um das Schauspiel mitzuverfolgen.

»Möchten Sie mit anpacken?«

»Darf ich ablehnen?«

»Natürlich. Würde es mir keinen Spaß bereiten, ließe ich es ebenfalls sein. Stimmt´s, Karl?«

»Wenn Sie das sagen. Ich finde es toll, dass Sie mir helfen.«

»Sehen Sie: Alle sind zufrieden.«

Der Vor-Herr bezieht in sicherer Entfernung Stellung und beobachtet mit der Hand auf dem Bauch das Geschehen. »Ich bleibe hier stehen, werter Bote.«

»Bleiben Sie nur.«

Karl schwenkt das Huhn einige Male und hievt es dann aus der heißen Brühe. Ein flotter Kehlenschnitt mit einer Riesenklinge und schon blutet das Huhn aus. Erneut reckt es den Vor-Herrn, was mich zornig macht. »Ich will ehrlich sein, es wird mir zu viel. Kotzen Sie noch einmal, könnte ich dazukotzen, weswegen ich Sie an diesem Punkt bitte, zu gehen. Sie haben genug ertragen. Seien Sie mir dankbar für das Angebot.«

Seine Augen spiegeln wider, was er denkt: *Danke.*

»Keine Ursache. Mag sein, dass ich es unter anderen Umständen auch nicht ertragen würde. Aber heute fühle ich mich rundum zufrieden. Ich danke Ihnen für Ihre Einladung zu dem Rennen. Es hat mich in eine perfekte Stimmung versetzt.«

»Vergessen Sie nicht die Neuauflage, werter Bote.«

»Niemals.«

Der Vor-Herr zieht ab und übergibt sich vor dem Tor noch einmal.

»Und das Tor schließt sich von selbst?!«

»Das Tor darf offenstehen, Herr Bote. Die Hühner sollen mit ansehen, was ihnen blüht.«

»Ihre Einstellung zu Ihrem Beruf gefällt mir, Karl. Sie gehen professionell vor, hochwirksam. Andere sagen, es sei gut, wenn sie nichts mitbekommen.«

»Doch, sie müssen das mitverfolgen. Es erfüllt sie mit Demut und Ruhe. Und außerdem liebe ich es, sie mit der Realität zu konfrontieren.«

»Meine Rede! Wie lange blutet das Huhn? Der Druck, mit dem es herausströmt, ist enorm.«

»In ein paar Minuten können wir es ausnehmen.«

Gebannt beobachte ich den Blutstrahl und frage mich, ob der Anblick die Hühner berührt. Ich blicke nur in leere Hühner-Augen und erlebe, wie sich die Hühner geordnet in Bewegung setzen; eines nach dem anderen; völlig still. »Sind Sie sicher, dass unser Schauspiel sie besänftigt? Schauen Sie durch das Tor, die Hühner verhalten sich sonderbar. Entdecken Sie irgendwo die schwarze Henne? Es wäre verwunderlich, wenn ausgerechnet sie nicht aufkreuzt.«

Karl starrt ins Gehege und sucht im Gewusel die schwarze Henne. »Allmählich machen Sie mich nervös, Herr Bote.«

»Werden Sie nicht unruhig, kein Huhn kann das Gitter durchbrechen. Aber die Stille ist eigenartig.« Eine Weile folgen wir den Hühnern, wie sie, scheinbar planlos, immer neue Plätze im Gehege einnehmen. »Mir kommt vor, sie demonstrieren uns irgendetwas. Das Farbenspiel ihres Gefieders hat etwas Rätselhaftes, finden Sie nicht auch? Es verwirrt.«

»Sollen wir das Tor schließen?«

»Lassen *Sie* das Huhn zu Ende bluten, Karl, und ich werfe einen Blick nach draußen.«

»Passen Sie bitte auf und treten dem Zaun nicht zu nah.«

»Ich habe nicht vor, die Hühner aufzubringen, ich will sie beobachten. Bevor Sie dem Huhn die Gedärme entnehmen, rufen Sie mich.«

Karl nickt und wirft einen Blick auf den Blutstrahl, der schon dünner wird. »Es dauert nicht mehr lange.«

»Wehe, Sie setzen den wichtigsten Schnitt ohne mein Beisein.« Ich verlasse die End-Halle und begebe mich auf die Suche nach der schwarzen Henne. *1000* Augen folgen mir.

Der Drang, ins Gehege zu steigen, überkommt mich. »Puut, put, put.« Die Hühner setzen ihre Wanderung unbeirrt fort, weshalb ich deutlicher werde. »Lass dich töten. Wo versteckst du dich vor mir? Soll ich zu dir ins Gehege steigen? Du würdest mich auf der Stelle angreifen, nicht wahr?« Der Drang wird stärker und stärker.

AUF IHRE HAXEN ACHTEN –
ICH MUSS AUF IHRE HAXEN ACHTEN.

»Die Hühner werden mich nicht töten, ich muss nur auf ihre Haxen achten.« Elektrisiert ziehe ich meine Waffe und klettere in das Sektorgehege.

»Eine aufregende Geschichte! Die für Sie jeden Augenblick zu Ende sein kann«, vernehme ich von irgendwoher eine Stimme, verhalte mich aber ruhig, um die Hühner nicht zu erschrecken. Sie bemerken, dass uns kein Gitter trennt. »Wer spricht zu mir?« Die Hühner nehmen die Stimme allem Anschein nach nicht wahr. Ob Karl sie hört? Ich rufe jetzt besser nicht nach ihm. »Schwarze Henne, hast du soeben zu mir

gesprochen?« Mein Herz beginnt zu rasen, als die Hühner, wie auf Befehl, rhythmisch ihre Flügel schwingen und – *eins-zwei-drei, eins-zwei-drei* – immer im selben Takt in die Hocke gehen. Der dadurch entstehende Wind erfasst mich. Die Waffe im Anschlag begreife ich, dass sie mir bereitwillig den Weg freimachen. Wenn ich einem Huhn zu nahe trete, geht es auf Abstand und lässt mich passieren. Fürchten sich die Hühner vor mir? Vor der Waffe? »Es ist gut, dass ihr Angst habt. Schon bald wird es euch nicht mehr geben.« Sie ignorieren mich. »Trotzdem wird das Gehege nie leer sein, das ist der Witz an der Sache. Eure Hälse gehören der Königin; die Brüste dem König; und die Vor-Herrschaft bedient sich des Rests.« Die Hühner setzen ihr Farbwanderspiel unbeirrt fort.

»Herr Bote! Haben Sie die schwarze Henne gefunden? Wo sind Sie? Ich sehe Sie nirgends. Sie können zurückkommen. Das Huhn kann ausgenommen werden.«

Ein beigefarbenes Huhn macht mir gerade den Weg frei, als mich ein anderes von hinten zu Boden stößt und todesmutig anvisiert. Ein Schlagbohrhuhn: mit schneidendem Blick. Töte es! Unauffällig hebe ich die Waffe, ziele und durchsiebe sein Herz. Im Nu bricht das Schlagbohrhuhn, glücklicherweise neben mir, leblos zusammen.

»Herr Bote?! Was ist los bei Ihnen? Haben *Sie* geschossen?«

Explosionsartig rennen die Hühner gackernd durch das Gehege. Auf der Hut vor ihren Haxen hetze ich zum Gitter und schwöre mir: »Hier verrecke ich nicht.« Schleunigst klettere ich aus dem Gehege.

Aus dem Augenwinkel sehe ich, wie die schwarze Henne heranstürmt und, bedauerlicherweise zu spät, mit ihrem Schädel gegen die Gitterstäbe hämmert. »Du hattest deine Chance«, provoziere ich sie. »Wo hast du dich vor mir versteckt?« Unaufhörlich schlägt sie auf das Gitter ein, bis ich genervt meine Waffe auf sie richte und sie von einem Moment auf den anderen von ihrer Tollheit ablässt. Ihr Blick durchbohrt mich. »Hängst du an deiner Existenz, oder ist es dir gleich, wenn ich die Sache hier und jetzt beende?« Tief und schwer atmet sie und gibt mir durch ihre stramme Haltung deutlich zu verstehen, was sie von meiner Todesdrohung hält. »Ich helfe dem Schlächter Karl bei seiner Pflichterfüllung und kehre im Anschluss zu dir zurück. Wirst du zusehen, wie wir deine Artgenossin ausnehmen? Es ist hoffentlich nicht deine erste Schlachtung. Ich verspreche dir eine unvergessliche Darbietung.« Ich vertreibe die Henne aus meinem Kopf, betrete die End-Halle und sehe, dass Karl mit einem Säbel auf meinen Befehl wartet, den entscheidenden Schnitt zu setzen. »Lobenswert, dass Sie zugewartet haben. Ich hätte es an Ihrer Stelle nicht getan.«

»Was ist da draußen passiert, Herr Bote? Sie haben doch kein Huhn erschossen?«

»Ein aufmüpfiges Schlagbohrhuhn, lassen Sie es einfach liegen.«

»Herr Bote, das Vieh wird zum Himmel stinken, wenn ich es nicht entferne!«

»Sie sagen es. Setzen Sie den Schnitt und lassen die dämlichen Gedärme herausfallen. Mir vergeht die Lust, mich hier länger aufzuhalten.«

Wortlos eröffnet Karl das Huhn, woraufhin sich die Gedärme auf den Boden ergießen. Apathisch betrachte ich den Haufen.

»Wollen Sie weitermachen, Herr Bote? Sie scheinen wie ausgewechselt. Sind Sie der schwarzen Henne gegenübergestanden? Sie wirken direkt traumatisiert.«

»Überschreiten Sie nicht Ihre Kompetenzen und hören Sie auf, zu denken. Sie sind Schlächter und sollten sich mit Ihren Gedanken darauf beschränken. Fahren Sie fort, ich beobachte jeden Ihrer Handgriffe aufmerksam.«

Karl steckt seinen Kopf durch die erweiterte Körperöffnung des Huhns und weidet es mit präzisen Schnitten restlos aus. Einzig der Dickdarm hat sich beim Herausfallen ungünstig um seinen Hals geschlungen und das Herz ist auf seinem Kopf gelandet. Ansonsten befinden sich alle Organe im Behältnis und sind bereit für die Weiterverarbeitung.

»Es ist ein fantastischer Akt, wahrhaftig! Soll ich Sie von dem Darm befreien, oder gelingt es Ihnen ohne meine Hilfe?« Karl kämpft mit dem Darm, ohne ihn loszuwerden. »Ich trage zwar die Schürze, möchte sie aber ungern schmutzig machen. Sehen Sie bitte zu, dass Sie es alleine schaffen.« Ich hebe meine Uniform auf und verlasse die End-Halle, um mich auf den Rückweg zum Palast zu begeben. Im Vorbeigehen fällt mein Blick auf das Erbrochene des Vor-Herrn. »Grauenhaft.«

Die Hoffnung, dass das Biest während meines Ausfluges nichts angestellt hat, lebt. Hätte ich den Vor-Herrn darauf hinweisen sollen, dass er in der Anwesenheit des Biests niemals ein Wort über diesen Abend verlieren darf? Schlimm genug, dass es weiß, dass der Vor-Herr und ich ein Rennen bestritten. Ich möchte es …

19

ABGANG DER FESTGESELLSCHAFT

Ich überlasse dem Narbenbär den Vortritt und beobachte, wie er das Tor zum Festsaal einen Spalt öffnet und innehält. »Es herrscht völlige Stille. Kein einziger Vor-Herr befindet sich im Saal.«

»Nimmst du uns auf den Arm? Die Vorbereitungen können unmöglich zu Ende sein. Aus dem Weg!«

»Nur zu, Adlerauge, schau, ob du etwas anderes siehst, als das Durcheinander, das ich sehe.«

»Durcheinander?«, fragt Karl, während ich den Narbenbär zur Seite stoße und das Chaos erblicke. »Die Tische und Stühle, alles liegt kreuz und quer! Sind die Vor-Herren überfallen worden?«

»Wie kommen Sie auf einen Überfall? Es existiert nur noch die Vor-Herrschaft. Wer hätte diesen Überfall ausführen sollen?«

»Sie werden mutiger, Karl. Weiter so und Sie ergattern im Raumschiff vielleicht einen Fensterplatz.«

»Karl hat recht, Marzi, du reagierst über. Die Vor-Herren sind wohl in Streit geraten.«

»Und weswegen sind sie weg? Wenn sich die Vor-Herren geprügelt hätten, hätten sie im Anschluss weitergearbeitet. Willst du mir weismachen, dass bald der Abend dämmert? Wir verbrachten nicht den ganzen Tag im Untergrund.«

»Das stimmt«, sagt Karl. »Länger als drei Stunden waren

wir, glaube ich, nicht fort. Grillen die Hühner?«

Gemeinsam betreten wir den Festsaal und sehen, dass die Speisehühner bis auf die Skelette abgenagt sind und die Grillstäbe sich drehen.

»Auf den Tellern kleben keine Speisereste, seht euch um.«

»Narbenbär?«, höre ich Karl.

»Er hat recht.« Aufmerksam betrachte ich den Narbenbär, wie er vor einem umgeworfenen Tisch niederkniet, einige Scherben aufklaubt und in Augenschein nimmt. »Von diesen Tellern wurde kein Bissen gegessen.« Nachdenklich klopft er mit einer Scherbe auf seiner Wange und fährt fort. »Hier waren keine Vor-Herren am Werk. Wir stehen inmitten der Hinterlassenschaft des ausgehungerten Hünen. Seht euch um: Die Statuen hätte kein Mensch umwerfen können.«

»Schluss damit! Oder habt ihr mich verarscht? Lebt der Hüne noch?«

»Herr Oberkommandoführer, ich sagte doch, dass ich es nicht weiß.«

Der Narbenbär kehrt uns den Rücken zu und marschiert schweigend den Festsaal ab.

»Sie können nicht Schüsse absetzen, Karl, und dabei wegschauen! Erinnern Sie sich an den Augenblick, denken Sie nach! Sie Feigling! Seit Sie Ihre Arbeit auf dem Schlachthof aufgegeben haben, kriechen Sie in jeden Arsch, den Sie finden! Narbenbär! Wieso hast du ihm befohlen, den Hünen zu erschießen?«

»...«

»Hast du etwas entdeckt?«

»Noch nicht, aber es würde mich nicht wundern, wenn

der Hüne irgendwo tief und fest schlummert. Hat er zwei Hühner auf einen Sitz verputzt, *muss* ihn Müdigkeit befallen haben. Außerdem war er uns nicht weit voraus, das Gelage hat demnach kürzlich stattgefunden.«

Angespannt blicke ich durch das verzierte Fenster. »Wie hätte der Hüne deiner Meinung nach in den Festsaal gelangen können? Die Sicherheitstür war verschlossen und unversehrt. Hier haben sich andere eigenartige Dinge zugetragen. Bloß welche? Dass Wölfe den Untergang der Mittelschicht überdauert haben, ist kein Geheimnis. Aber kein Rudel wäre ins Theater gelangt. Karl? Finden Sie im Fett auf dem Boden Hinweise auf die Anwesenheit von Wölfen? Oder Spuren anderer Kreaturen? Schauen Sie genau.«

Karl sieht sich um, entdeckt aber sichtlich nichts Ungewöhnliches. »Nein, Wölfe oder Hühner waren hier keine.«

»Das dacht´ ich mir.«

»Dafür sind da mächtige Fußspuren. Sie können nur von dem Hünen stammen.«

»Sind Sie sicher?«

Der Narbenbär hustet auf der anderen Seite des Saals und hält sich den Handrücken vor den Mund. Ich beobachte ihn. Er weiß, was in mir vorgeht. Lebt der Hüne, gerät alles aus den Fugen. »Ob Sie sich sicher sind, will ich wissen?!«

»Ich habe nie zuvor in meinem Leben riesigere Fußspuren zu Gesicht bekommen. Ich wüsste nicht, wer diese sonst hinterlassen haben sollte.«

»Wir befinden uns in Gefahr«, prophezeit der Narbenbär und betrachtet an der Wand das kolossale Bild der Königsfamilie. Ein Schreckensgemälde. »Erinnert ihr euch an den

Tag, als sie dieses Porträt anfertigen ließen? Es war der seltsamste Tag überhaupt.«

»Ja«, sagt Karl. »An diesem Tag ist vorgefallen, was man sich kaum vorstellen kann. Aber worauf willst du hinaus?«

»Dass dieses Familienporträt nichts Gutes verheißt.«

»Malst du schwarz?«

»Bei diesem Anblick – ja.«

Der Narbenbär zieht aus den jüngsten Geschehnissen die korrekten Schlüsse.

»Herr Oberkommandoführer, Narbenbär, wir sollten nicht im Theater verweilen. Sehen wir, wo sich die Vor-Herrschaft befindet und suchen den Boten. Wenn das Königspaar glaubt, dass die Frau lebt, müssen wir ihnen klarmachen, dass es sich um ein verrücktes Missverständnis handelt.«

»Sie haben recht, Karl. Aus Rätseln Unlösbares zu kreieren ist dumm.«

Der Narbenbär wendet sich von dem Porträt ab und bahnt sich einen Weg zurück durch das Chaos. »Wir einigen uns also darauf, dass wir Schoasch vergessen?«

»Ja, Narbenbär. Herr Oberkommandoführer, was sagen Sie dazu?«

Ich beobachte Karl und versuche in seinen Gedanken zu lesen, wie er mittlerweile zu mir steht. Entgleitet er meiner Führung? Verhielt ich mich im Untergrund so unvorteilhaft, dass er seine Loyalität verliert? »Ja. Vergeuden wir keine Zeit. Wir werden uns trennen. Sie suchen die verschwundenen Vor-Herren. Und du, Narbenbär, suchst den Boten. Eine Stunde vor Theaterbeginn treffen wir uns auf dem Sand-Hauptplatz und erstatten einander Bericht.«

»Und das Totholz reitet derweil auf seinem Huhn zum Königspaar?«

»Exakt. Zuvor kümmere ich mich noch um den Hünen.«

Meine Ankündigung amüsiert ihn. »Wo gedenkst du, ihn zu finden? Und was stellst du diesmal mit ihm an? Sollen wir dein Skelett versteifen? Oder deiner Waffe einen selbstauslösenden Abzug verleihen?«

»Du wirst Augen machen. Ohne Waffengewalt werde ich ihn überreden, dieses letzte Puppenstück noch zu Ende zu bringen, um sich damit seine Freiheit wirklich zu verdienen. Die Leiche verkaufe ich ihm als lebendig. Tief in seinem Inneren weiß Herr Flanell, dass auf seiner Schulter ein toter Körper liegt. Ihm die Sinne zu verwirren, wird ihn das tun lassen, was ich von ihm verlange.«

»Muten Sie sich nicht zu viel zu, Herr Oberkommandoführer?«

Geschlossen verlassen wir den Festsaal und beobachten auf dem Rückweg zum Eingangstor den Korridor. »Wenn er tatsächlich abgehauen ist, muss er hier entlanggelaufen sein, um zum Ausgang zu gelangen. Es deutet aber nichts darauf hin.«

»Freu dich nicht zu früh, Marzi. Der Hüne hat einen Weg nach draußen gefunden. Sei dir ganz sicher.«

»Wir werden es sehen.«

»Ganz bestimmt, Herr Oberkommandoführer. Lassen Sie mich Ihnen das Tor aufhalten.«

Mit einem Nicken gestatte ich es und schreite hinaus ins Freie.

»Wo sind unsere Rennhühner? Sapperlot, wo steckst du?!« Karl wird unruhig und ruft ebenfalls nach seinem Huhn. »*Rudolf!* Ruu-dolf!!!« Der Narbenbär inspiziert in der Zwischenzeit die Riesenlöcher in der Mauer. »Entweder hat der Hüne die Verankerungen herausgerissen, oder die Hühner sind –«

»Nein«, unterbreche ich ihn schweren Herzens, »dieser Tag nimmt ungeahnte Wendungen. Unsere Rennhühner sind jahrzehntelang nie abgehauen. Weswegen sollten sie ausgerechnet jetzt damit beginnen, sich aufzulehnen? Sie wissen nicht, dass der heutige Tag für die Menschheit bedeutsam ist. Oder meint ihr, sie fühlen in ihren Herzen die Ankunft des Mutterhuhns? Unsere Nervosität vor der Abreise? Woher sollen wir wissen, was sich in ihren Seelen abspielt?«

»Wir wissen es nicht, Marzi. Aber die Löcher in der Mauer sind da und Zeugnis dubioser Vorkommnisse. Allzu viele Möglichkeiten gibt es nicht.«

»Karl. Machen Sie sich auf in die *Zeltstadt* und beordern die Vor-Herrschaft zum verabredeten Treffpunkt. Wenn es im Festsaal übel zuging, haben sich die Vor-Herren zweifelsohne dorthin zurückgezogen. Hoffentlich befand – hoffentlich befindet sich niemand ernsthaft in Gefahr.«

»Zu Fuß in die Zeltstadt und danach zum Sand-Hauptplatz? Das dauert Stunden!«

»Gehorchen Sie, Karl!«

Er sieht mich an und anschließend den Narbenbär. »Findest du das eine gute Idee? Ziehen wir nicht besser gemeinsam los? Sonst kommt es vielleicht gar nicht dazu, dass wir uns auf dem Sand-Hauptplatz wiedersehen. Der Hüne könnte hinter jedem Felsen lauern.«

»Abmarsch, und finde die Vor-Herrschaft! Wir müssen getrennte Wege gehen, um die Angelegenheiten zu klären.«

Karl wagt gegenüber dem Narbenbär keine Widerrede, zieht als Verabschiedungsgeste den Zylinder und setzt die ersten Schritte in den Sand. »Dieser Tag bekommt einen bitteren Charakter. Passen Sie auf sich auf.«

»Sie ebenso, Karl, und sehen Sie zu, dass die Vor-Herren nüchtern und ansehnlich erscheinen.«

»Narbenbär.«

»Ja, Marzi? Suchen wir jetzt den Hünen?«

»Der Tag verläuft zu kurios, das gefällt mir nicht. Ob Karl die Vor-Herren in der Zeltstadt antrifft? Ich habe meine Zweifel.«

»Zu Recht. Dieser Tag entgleitet unserem Einfluss. Egal was Karl erreicht, sind wir noch immer den Launen des Königspaars ausgeliefert. Und wir haben keine Ahnung, was mit dem Hünen tatsächlich passiert ist. Wenn ihm ein Licht aufgeht, wird er die Zügel der Geschichte an sich reißen. Gehen wir zum Palast und trennen uns dort. Karl wird überleben, denk über ihn nicht nach. Er ist zu dumm zum Sterben.«

»Ich weiß. Erzähl mir die Wahrheit. Hat er den Hünen getroffen oder nicht?«

»Ich schwöre: Ich habe keine Ahnung.«

»Er könnte somit überall stecken. Sehen wir nach, ob die Gitterstäbe auf der Bühne noch intakt sind? Wie wäre ihm sonst die Flucht gelungen? Das *Toten-Rohr* ist oben verriegelt.«

»Du kennst das Theater am besten, Marzi. Geh zurück

und verschaff uns Gewissheit. Ich gehe Richtung Palast und lasse mich von der umwerfenden Landschaft inspirieren. Schau in den Himmel: Dahinter fängt das Universum an. Einsame Sandspaziergänge haben etwas Magisches an sich. Ich unternehme sie gern.«

Über der Himmelsdecke stelle ich mir die Sterne vor. Einen werden wir bald unseren neuen *Heimatplaneten* nennen. »Wir werden vieles vermissen, wenn wir im Raumschiff sitzen und uns einen Planeten unter den Füßen wünschen, der blüht und voll Wasser ist. Auch wenn die Erde heute nicht mehr blüht und kein Wasser birgt, nannten sie alle Generationen Menschen vor uns:

BLAUER PLANET – ERDE.

Wie du und ich – Narbenbär. Gönn dir deinen Spaziergang und verzapf keine weiteren Unwahrheiten. Noch eine Lüge der *Heute-Morgen-Sorte* und wir brauchen keinen Gedanken darauf zu verschwenden, ein Raumschiff zu besteigen. Niemand durchblickt mehr die willkürlichen Anordnungen des Königspaars. Ein freilaufender Hüne sinnt auf Rache. Die Vor-Herrschaft hat sich in Luft aufgelöst. Verschwundene Rennhühner. Lange Fußmärsche liegen vor uns. Finde den Boten und sei auf der Hut.«

»...«

»Was ist?«

»Meine Uniform, Marzi. Hast du sie im Festsaal irgendwo gesehen? Ich habe sie gesucht, aber nirgends entdeckt. Es wird kälter, ich brauche sie.«

»Dass ein Vor-Herr sie mitgenommen hat? Das glaube ich nicht. Wozu?«

»Nun, vielleicht, um sie für mich aufzubewahren? Der Hüne hat sie wohl kaum mitge – Hat er der Leiche meine Uniform verpasst? Dieser Mistkerl, ich werde erfrieren, wenn ich nackt herumlaufe! Wo treibe ich jetzt Kleidung auf?«

»Weshalb musstest du den Vor-Herren deine Wunden präsentieren?! Hättest du deine Uniform nicht anbehalten können? Weder der Hüne noch der Alte waren beeindruckt von deiner »Erscheinung«. Anstatt sich zu fürchten, oder uns Respekt zu zollen, hat sich der Alte einen Riesenspaß mit uns erlaubt.«

»Stell sich einer vor, ich wäre *nicht* nackt gewesen.«

»Ich gehe zurück zum Theater und kontrolliere, ob der Hüne das Gitter durchbrochen hat. Folge mir, Narbenbär, wir basteln im Festsaal aus den Tischtüchern einen vernünftigen Kleidungsersatz für dich. Und beeilen wir uns bitte.«

»Ich soll mich in Tischtücher wickeln?«

»Sie werden dir stehen.«

»Das gefällt dir, nicht wahr? Wie wäre es, wenn ich in diesem Moment mit meiner Waffe auf deinen Hinterkopf zielen würde?«

Im Gehen blicke ich zurück und in einen auf mich gerichteten *Zeigefingerlauf.* Sein Lachen wirkt dieses Mal anders. »Du würdest mich wirklich umbringen? Narbenbär? Lauf von mir aus in die Zeltstadt und besorg dir dort neue Kleidung. Oder begnüge dich mit dem, was zur Verfügung steht.« Ich verdränge die *Waffe* in meinem Rücken und frage mich, weshalb und wohin die Rennhühner verschwunden sind.

Wenn sie all die Jahre die Kräfte besaßen, die Ketten zu sprengen, warum tun sie es erst heute? Oder bezeugen die Löcher in der Mauer den Ausbruch des Hünen? »Was, denkst du, könnte ihn bewogen haben, die Hühner freizulassen?«

»Genau das: um ihnen ihre Freiheit zu schenken. Oder, obwohl ich daran nicht glaube, er hat erkannt, dass er uns damit unserer Mobilität beraubt.«

»Denkst du, er kann derart komplex denken?«

»Nein. Aber er hat über Jahrzehnte hinweg unter Schoaschs Aufsicht seinen Dienst verrichtet. Wer weiß, welche verborgenen Fähigkeiten in ihm schlummern? Abgeschautes und unbewusst Angeeignetes kann sich unter freiem Himmel explosionsartig entfalten. Ein paar Stunden und er ist nicht mehr derselbe, der er war.«

In meinem Innersten erscheint der Hüne, blitzgescheit geworden, und macht uns unseren letzten Tag auf Erden zur Hölle. Was hat er vor? Dürstet es ihn nach Rache oder ist er froh, frei zu sein, ohne einen Gedanken daran zu verschwenden, das Königspaar und die Vor-Herrschaft zur Rechenschaft zu ziehen? »Wo hält er sich versteckt? Oder versteckt er sich gar nicht, sondern zwingt uns zum Verstecken?«

»Öffne lieber das Tor, Marzi.«

Von der Loge aus erblicken wir das riesige, aufgebogene Loch im Bühnengitter. Der gesamte Theatersaal ist verwüstet. »Welche Kräfte stecken in diesem Körper?!«

»Das werden wir bald herausfinden. Ein Puppenstück, wie gewohnt, wird unter diesen Umständen nicht stattfinden können. Wenn die Königsfamilie ihre Loge betritt und die

Verwüstung des Welt-Zentraltheaters sieht, hacken sie uns die Köpfe ab. Ob du es hören willst oder nicht: Wir werden für dieses Fiasko eine Lösung finden müssen. Die Königsfamilie darf keinen Fuß in das Theater setzen. Wenn ich auf dieser Erde meinen Lebensabend verbringen muss, weil der Hüne im allerletzten Augenblick den Triumph des Königspaars verhindert und damit ihre Wut entfacht, dann töte ich, was mir in den Weg kommt.«

»Ich sehe alles den Bach hintergehen, Narbenbär.«

»Schön gesagt. Ich ebenso. Setzen wir uns zusammen auf einen Fels und warten.«

Vor meinem geistigen Auge sitzen der Narbenbär und ich auf einem schwarzen Felsen, der zu einem Drittel im Sand steckt. Wir blicken in den wolkenlosen, blauen Himmel und vernehmen schrillen Vogelgesang. Ich frage ihn, ob er die Vögel ausmachen kann und wann er zum letzten Mal einen Vogel singen gehört hat.

Der Baum vor unseren Augen ist eine Augenweide. Sein Anblick beruhigt meine Seele.

»Ich stelle es mir vor. Was täten wir den ganzen Tag?«

»Acht geben, dass uns weder der Hüne noch die Hühner töten. Sowohl der Hüne als auch die Hühner sind größer, stärker, ausdauernder, hoffentlich nicht intelligenter, aber unberechenbar. Von der Überzahl der Hühner sprechen wir erst gar nicht. Gehen wir jetzt in den Festsaal und schneidern mir eine Kleidung. Vergessen wir den Hünen.«

»Ja. Er ist mit seiner Flucht zu einer *Unbekannten* geworden. Falls er etwas im Schilde führt, können wir nichts dagegen tun. Das ist keine angenehme Situation, aber die, in der wir uns befinden.«

»Richtig.«

Ich wende meinen Blick vom Theatersaal und der Bühne ab und verlasse die Loge. Der Narbenbär folgt mir still. Im Festsaal schnappen wir uns die Tischtücher und gestalten, ohne ein Wort zu wechseln, notdürftig ein Kleidungsstück. Anschließend verlassen wir das Theater, um uns zum Palast zu begeben.

20

LIOKOBO FLANELL

»Dein Umgang mit ihm war nie schroff.« Vergönnt hätte ich es ihm, einmal eine Brise Frischluft einzuatmen. Ein erntebereites Feld zu sehen. Bei Sonnenuntergang die Beine ausstrecken zu dürfen und frei flüchtigen Gedanken nachzuhängen. In Knechtschaft aufgewachsen, hat Liokobo erst jetzt das Kribbeln der Freiheit verspürt. Sie auszuleben, blieb ihm bisher verwehrt.

– ? – ? –

Habe ich seinerzeit die Fenster verschlossen? Falls nicht, muss ich saubermachen, ehe ich es mir gemütlich machen kann. Das Essen im Kühlschrank ist sicher verdorben. Und die Wäsche? Hoffentlich habe ich sie nicht nass liegengelassen. Lebt der *Salamander* noch? »Keine Angst: Im Handumdrehen ist es wieder wohnlich und du machst weiter, wo du aufgehört hast.« Ich sollte mir einen Plan zurechtlegen, um meine Vision Wirklichkeit werden zu lassen. Noch ist es nicht klar, ob die Puppe alleine das Königspaar dazu bringen wird, mich freizulassen. Wenn sie die Leiche dazu wollen, woher zaubere ich sie dann? Liokobo trägt sie bei sich. Es drängt mich, ihn zu suchen. »Es ist das Mindeste, das du für ihn tun kannst.« Er hat es verdient, ein paar Worte an den leblosen Körper richten zu dürfen. »In *1000* Jahren hätte ich seine

Arbeit nicht getan.« Weinte er, musste er rackern. Erkrankte er, musste er rackern. Starb er fast, rackerte er ebenso. Erst in letzter Zeit kamen weniger Leichen an und er fand Momente für sich. Allmählich musste ihm klargeworden sein, was er sein Leben lang verbrochen hatte. »Mach dich auf. Die Lippen können derweil trocknen.« Ich lege den Pinsel beiseite und begebe mich auf die Suche nach Liokobo.

Wie wäre sein Leben verlaufen, wäre alles anders gekommen? Hätte er irgendwann eine Hünin gefunden? Eine Hünenfrau, mit der er sein Leben verbringen will? Keine normale Frau hätte ihn näher an sich herangelassen. »Er hat *dich* gehabt.« Ich habe ihn nie gestreichelt, aber eine gewisse Wärme strahle ich bis heute aus. »Alles in – Ist das Blut?« Schwerfällig bücke ich mich und streiche mit den Fingern über – »Eingetrocknet. Was ist los mit dir? Wünschst du dir, dass er – Alber nicht herum.« Wir sind ein brillantes Bühnenduo. Das Königspaar könnte sich langweilen, wenn eine Hälfte des Ensembles fehlt. Und die Tochter! Sie fasziniert seine Erscheinung. Hätte er eine Kugel überleben können? Haben ihn die Vor-Herren verfehlt? Sie waren eindeutig verunsichert. »Kann es sein?« Aufmerksam suche ich den Boden nach Blut ab, sehe aber keinen weiteren Tropfen. »Bist du geflohen? Hättest du die Vor-Herren vor der Sicherheitstür abgepasst, wäre es für dich kinderleicht gewesen, ihnen die Schlüssel abzunehmen und abzuhauen. Hältst du sie als Geiseln? Leben sie noch? Lio – Was? Wer? Wer ist da?« Hinter der Knetmaschine sitzt etwas. »Liokoobo, bist du es? Die Frau? Fass mich nicht an, ich befinde mich direkt – Puppe??! In der Manufaktur lagern keine Puppen!

Liokobo, hast du je Puppen entwendet?« Wütend zerre ich sie in den Fackelschein und betrachte das Lachen. Fratzenhaft. Linkisch. Viel zu unruhig! *Die silbergelbe Orchidee.* Und doch ein Meilenstein, da sie meine *Erste* war. »Hat er dich hier aufbewahrt?« Tief blicke ich ihr in die Augen und schüttle sie, als die Puppe knistert und jäh zu Staub zerfällt. »Ha! Gottes Zorn! Liokobo, wir bringen das Puppentheater hinter uns und verbringen unsere Freiheit zusammen! Hilf mir, das saftigste Grünland im Umkreis zu entdecken! Dort soll später mein Feld bestellt werden! Unser Feld! Wir beide in Freiheit an einem gemeinsamen Vorhaben werkend. Kribbelt es da nicht auch bei dir?«

†

LIO
LIOKOBO
LIOKOBO FLANELL
DIE PUPPE GEHÖRTE NICHT DAHIN
WAS ERWARTET UNS VOR DEN TOREN DES THEATERS
GIFT

Falls die Vor-Herren dazumal Bäume gepflanzt haben, sind diese heute stramm und kräftig. Wenn nicht, nehme jetzt ich die Sache in die Hand. Bloß: »Woher beziehst du Samen?« Wird sich das Königspaar zu meinem Freiheitseinstand gütig zeigen und mir eine ordentliche Menge überlassen? Hat sich die Stadt seit ihrer Machtergreifung verändert? Ich hoffe, alles so vorzufinden, wie es war. »Aber aufgeräumt bitteschön; und grüner.« Existieren die Hühner noch? Für welche Dienste hat das Königspaar sie missbraucht, und wie gelange ich in den Besitz praktischer Exemplare? Wenn sie sich für die Feldarbeit eignen, fiebere ich meiner Zukunft freudig entgegen. Liokobo könnte den Hirten spielen. Den Hünen, der die *Pflughühner* antreibt, um die Erde aufzulockern. »Du machst ihm die Geschichte spielend schmackhaft. Finde ihn. Liokobo, rühr dich endlich! Ich suche auf keinen Fall jeden Stollen ab.«

Handelt es sich um Vorzeichen meines Todes? Omen der Auslöschung der Vor-Herrschaft? Wenn ihm der Ausbruch gelungen ist und er vermag, die Puzzlestücke seiner – der Vergangenheit der Menschheit zusammenzufügen, befindet sich selbst die Königsfamilie in Gefahr. Half die Frau seiner geistigen Entwicklung so jäh auf die Sprünge, oder belog er mich und besprach sich während meiner Abwesenheit bereits mit einer Leiche? Dass sie hinterher tot war, steht außer Frage. »Doch davor?« Erlitt sie nach ihrem Übergriff auf mich einen Schwächeanfall, von dem sie sich für ein abschließendes, klärendes Gespräch erholte, um daraufhin an Liokobos Schulter zu entschlafen? Hat der Vor-Herr ihn beeinflusst? Ganz durchschaue ich ihren Besuch nicht. Im Gehen verharrt mein Blick auf dem Stollen, in dem die Organe zwischenlagerten.

Wenn Liokobo menschliche Eingeweide mit einem Karren wegschleppte, kullerten immer Tränen über sein Gesicht. Ich konnte diesen erbärmlichen Anblick nicht ertragen. Er erschwerte sich unzählige Tage seines Lebens. Es wäre einfacher gewesen, hätte er sich damit abgefunden, oder seine Trauer und Wut an den Leichen ausgelassen. Entstellt waren allesamt und für das Königspaar zählt seit jeher nur der Tod.

Werden sie sich die letzte Leiche nehmen lassen? Ich kenne die beiden von klein auf. Sie werden sie sehen wollen. Vor allem, wenn ich ihnen Geschichten bringe, die sie überanstrengen. Ein Zucken in Hertas Hirnwindungen genügt und sie tobt. Was kann Kunstgeschwafel dem entgegensetzen? Sepps Ansichten sind dagegen unbedenklich. Und die Tochter – »Sie wird sich über das Fehlen der Leiche beschweren. Sie ist bösartig. Deren *Brut*.« Die Puppenschau wird in einem Desaster enden. »Liokobo. Bitte leb.« Es ist ungerecht, mich noch in den letzten Stunden meiner Gefangenschaft abmühen zu müssen, um anschließend zu bangen, ob das Puppenstück reibungslos über die Bühne geht. Hätte ich damals fliehen sollen? Wäre mir der Versuch geglückt? »Nichts! Es hätte nichts gebracht, lass das. Was?! Was liegt da? Ein Zettel? Was geht hier vor?!« Ich bücke mich und lese die handschriftliche Notiz:

Stünde es mir frei, würde ich die Sache beenden, oder überließe sie Liokobo.

»Wer? Liokobo? Ich habe dich bewusst nie schreiben gelehrt. Du kannst diese Nachricht nicht hinterlassen haben.« Ich stecke den Zettel ein. Klarerweise wollen die Vor-Herren mich tot sehen. Sie wissen, wie ich mich austoben werde, wenn frischer Sauerstoff mein Blut durchflutet. Ich sehe sie schon auf den Hühnern sitzen und meine Maisfelder abernten. Und die Obstbäume. Ich mag Obst, aber für qualitativ hochwertige Früchte muss ich ein großes Areal einkalkulieren. »Ob die Böden für allerlei Nutzpflanzen taugen?« Nicht jede Pflanze gedeiht in jedem Boden. Einige Wurzeln sind empfindlicher als andere und wachsen nicht in lehmigem Substrat. »Überstehst du diesen Tag, wird deine Welt eine andere sein.« War in all der Zeit zumindest eine Puppe von irgendwelchem Nutzen? Weshalb mussten sie so zahlreich sein? Ich wurde in Gefangenschaft alt. Ohne Liokobo – »Du hast dich hoffentlich nicht zum Sterben in den *Totenstollen* geschleppt. Das brächte Unglück über deine Seele.« In meinen Träumen war ich in der Lage, im Totenstollen das *Leichen-Rohr* hochzuklettern und mich über Tage unbemerkt in die Freiheit zu stehlen. Auch jetzt will mir meine Fantasie weismachen, dieses aalglatte Rohr überwinden zu können. Doch so ist es nicht. Selbst wenn ich eine Möglichkeit des Hinaufhangelns gefunden hätte, spuckte das Rohr jahrzehntelang permanent Leichen aus, sodass sich der gesamte Aufstieg zeitlich nie ausgegangen wäre. Lautlos ergreife ich eine Fackel und betrete den Totenstollen.

»Liokobo? Bist du hier?« In meiner Brust sticht es. Ich blicke mich um und sehe in meinem Geist das Bild des Ankunftsberges. Anfangs erschütterte es mich, wie viele Leichen durch ein gewiss gut getarntes Einwurfloch im Untergrund landeten. Ich begriff, dass sie meine Gefangenschaft ausmachten. Es schmerzte mich. Nach einiger Zeit jedoch stürzte ich mich in die Puppenherstellung, ohne einen weiteren Gedanken daran zu verschwenden.

»Ein ganz schöner Berg, was sagst du dazu? Wir hätten letzte Nacht besser durchgearbeitet.«

Liokobo sieht mich an und anschließend den Ankunftsberg. Stille Tränen fließen über seine Wangen. »Es sind so viele.«

»Ja. Weil du unbedingt schlafen gehen musstest. Hättest du dich gestern Nacht gezwungen, wach zu bleiben, läge da weniger Arbeit. Du wirst dich daran gewöhnen müssen, mit kurzen Schlafphasen auszukommen. Andernfalls ersticken wir hier bald. An die Arbeit!«

Liokobo wischt sich mit dem Unterarm die Tränen aus dem Gesicht und schluchzt. »Ich will das nicht mehr machen.«

»Das ist schön. Erzähl das beim nächsten Puppenstück dem Königspaar. Vielleicht haben Sie Erbarmen.«

»...«

»Du kennst dieses Wort?« Er verneint. »Mitleid; Anteilnahme; sich um deinen Kummer scheren. So wie ich das tue. Ich würde dich sofort ziehen lassen, sollte dir das Königspaar eines Tages aus einer Laune heraus die Freiheit schenken. Ich wünsche sie dir um Himmels willen! Aber jetzt nimmst du erst einmal den Karren. Mir geht die Arbeit auch nicht aus.« Kommentarlos holt er den Karren, packt ihn mit Leichen voll und lenkt ihn an mir vorbei in den nächsten Stollen. »Denk nicht darüber nach. Das macht dir dein Leben an diesem Ort unerträglich. Lerne zu träumen. Es wird dir helfen, unter solch widrigen Umständen Freude zu empfinden.«

»...«

»Du musst nicht antworten.«

Der Karren poltert davon.

Ich starre auf den Ankunftsberg und frage mich leise: »Wird dieser Berg weiter anwachsen?« Mit welchem Recht tötet das Königspaar die Mittelschicht? Und wer wird eines Tages übrigbleiben? Die Oberschicht mauserte sich, dank des Aussterbens der Unterschicht, zur Huhnschicht. Wird das

Königspaar diese verschonen? Wohin gehöre dann ich? Gehöre ich überhaupt einer Schicht an? Ich kehre dem Totenstollen den Rücken zu und folge Liokobo.

Wird er sich daran gewöhnen, Tag für Tag mit Toten zu hantieren? Noch vergießt er Tränen. Was geschieht, wenn diese versiegen? Und wie wird es ihm – *mir* während seiner Pubertät ergehen? »Bis dahin bist du längst wieder ein freier Mann.« In der Ferne sehe ich, wie er den Stollen betritt und jeden Moment beginnen wird, die Körper auszuweiden. Ich erspare mir den Anblick und betrete einen anderen Stollen, um dort Kunstwerke zu erschaffen. »Mir scheint, ich arbeite nur noch! Wann habe ich das letzte Mal eine Pause gemacht?«

»Nicht nachdenken, Schoasch!«

»Was hast du gesagt?! Du verstehst die Dinge offenbar besser, als ich es angenommen habe. Nicht nachdenken, richtig! Und jetzt quatsch nicht, sondern tu, wofür man dich gefangen hält!« Wird Liokobo eines Tages begreifen, dass er mich mit einem Handgriff töten kann? Entscheidend wird sein, dass ich ihm nicht zu viel beibringe. Sonst verwendet er sein Wissen gegen mich. »Hab ein Auge auf ihn. Auf dass es nie dazu kommt.«

Im Totenstollen ist er auch nicht. »Wo steckst du bloß?« Irgendetwas stimmt nicht. Mein *Herz* ... »Schildere, wie du als Kind in die Fänge des Königspaars geraten bist. Wir haben uns nie darüber unterhalten. Sie haben dir hoffentlich keine Gewalt angetan. Wer waren deine Eltern?« Jeden Stollen nach ihm abzusuchen, würde Stunden dauern. Besser, ich suche ihn während des Brandes. Die Puppenschau bereite ich hinterher vor. »Liokobo, ich rufe dich zum letzten Mal! Wo steckst du? Ich breche die Suche ab, es reicht. Wenn du verwundet bist, stirbst du eben.« Wachsam folge ich dem Weg Richtung Manufaktur und ein komisches Gefühl befällt mich.

Gut die Hälfte meines Lebens habe ich in diesem Stollenwerk meinen Dienst verrichtet. Zum allerersten Mal fühle ich mich – einsam. Es ist einsam. Wie lange hätte ich durchgehalten, hätte ich Liokobo nicht an meiner Seite gehabt? Hätte ich es übers Herz gebracht, einer Leiche das Messer anzusetzen? Organe zu entnehmen? Mich an eine einzige seiner Aufgaben zu wagen? »Du hast ihn schuften lassen wie ein Tier. Ohne ihn wärst du umgekommen.« Nun kommt Liokobo um. Hat er das verdient? Oft führte er streunende Kleintiere zur Theaterbühne, weil es dort nach draußen geht. Er wollte ihnen ihre Freiheit schenken. »Dort musst du lang, husch, husch!«, sagte er einmal zu einer Ratte. Wusste er, was er tat? »Natürlich.« Wie hat er es ertragen? Wie hast *du* es ertragen? »Wie habe ich es ertragen, mein Leben an diesem Ort zu verbringen?« Ich betrachte die Fackeln und spüre eine aufkeimende Wärme in meiner Seele.

In meiner Kindheit saß ich oft vor dem Kamin und beobachtete die Flammen. Ich legte gerne Holz nach und sah zu, wie das Feuer es verschlang. Stunden konnte ich auf diese Weise zubringen, ohne Langeweile zu verspüren. Die Fackeln erinnern mich an das alte Haus, in dem ich großgeworden bin. An den magischen Garten. Eine lange, holprige Straße führte dorthin, vorbei an einem eingezäunten, urwüchsigen Teich, der unter den Dorfmenschen den unrühmlichen Namen

Grauslacherl trug, Mais- und Sonnenblumenfelder schmückten die Umgebung; Pappeln die Holperstraße. Rührt daher der unwiderstehliche Drang, mich bäuerlich zu verwirklichen? Aus lächerlichen Kindheitserinnerungen? Sind die Hühner tatsächlich vielseitig einsetzbar? Wie viele Exemplare kann ich ergattern und eignet sich jedes Huhn zur Zucht? »Wie viele Feldarbeiter stelle ich an? Es muss doch noch irgendwo Menschen geben, die mir dienen können! Selbstverständlich, überall lassen sich Verstecke finden. Aber wo finde ich sie?« Wie lauten die Geschichten der Leichen, wie die Geschichte der Mittelschicht? Definitiv ging jede Einzelne durch Liokobos Hände. Führte jemand über die Geschehnisse des Planeten Buch, oder bleibt die Wahrheit bis in alle Ewigkeit verborgen? Folgt jetzt die Verfolgung der Vor-Herrschaft? Wenn ja, wie will das Königspaar das anstellen? Wie können sich Herta und Sepp von ihren Handlangern befreien und gleichzeitig ihrem Größenwahn frönen? Freiheit und Macht sind davon abhängig, dass andere für einen schuften. »Ihr werdet die bittere Wahrheit erst erkennen, wenn es zu spät ist und niemand mehr da, dem ihr etwas anschaffen könnt. Du fehlst mir, Liokobo. In Wirklichkeit suche ich dich noch.«

Hätte es sein Leben erleichtert, wäre ich ihm ab und an zur Hand gegangen? Oder hätte er meine Güte ausgenutzt, um mich zu unterdrücken? »Es war eine kluge Entscheidung, ihn nur selten an die Puppen zu lassen.« Ich erinnere mich an die Geschichte des *Wellenschlägers,* den man im Glauben, Sinnvolles zu tun, sein Leben lang mit Holzpaddeln Wellen schlagen ließ. Erging es Liokobo wie dem Wellenschläger? Oder empfand er es anders, gefangen zu sein und perfide Tätigkeiten verrichten zu müssen? Verstand er von Beginn an, dass er die Verbrechen anderer reinwusch? Dass er unschuldig war? »Er hat nichts begriffen, deshalb ertrug er es, lass gut sein.« Im Vorbeigehen fällt mein Blick auf den Porzellanstaub am Boden. Er hatte keinen Bezug zu Kunst, weshalb er niemals Puppen gehortet hätte. Wie kam die Puppe hierher? »Liokobo, sag etwas. Zeig, dass du lebst.« Wie soll ich vorgehen, wenn ich meine Freiheit wiedererlangen möchte? Wenn ich jetzt das Lachen vollende, bleibt genug Zeit für den Brand. Trotzdem werde ich Kompromisse eingehen müssen.

Ist das Königspaar angesichts der Erfüllung ihres Herzensprojekts verzückt? Sind sie so zufriedengestellt, dass ich mich in Wahrheit ausruhen könnte, um am Abend meine Gaben zu empfangen und in meine Freiheit aufzubrechen? Ganz abwegig ist dieser Gedanke nicht. Bereits bei den letzten Puppenstücken erkannte ich in ihren Augen neben Amtsmüdigkeit die Lust, sich demnächst völlig neuen Herausforderungen zuzuwenden. Welche könnten das sein? Welches Ziel kann ein Mensch noch verfolgen, der jahrzehntelang Unheil stiftete? Welchen Einfluss hätte Landwirtschaft auf ihre Gemüter? Bringe ich meine Ideen angemessen vor, kann ich die Königsfamilie vielleicht für die Feldarbeit begeistern. »Liokobo! Holen wir die Königsfamilie mit ins Boot?« Er hätte es geliebt, bei Schönwetter in Schaukelstühlen mit mir Ziegenmilch zu trinken. Hätte es ihm Spaß gemacht, durch das Megafon der Feldschicht Befehle zu erteilen? *Ich* hätte es genossen, ihnen den Marsch zu blasen. »Liokobo. Du warst ein tapferer Hüne. Ich wünschte, du wärst bei mir.«

Das Lachen ist getrocknet. »Gut.«

Ich wässere den Pinsel, tupfe ihn ab und tauche ihn traurig in die Farbe *schwarz*.

21

ATMOSPHÄRE UND IHR ENTSTEHEN

»Wie haben Sie es Ihr Leben lang ertragen, *hinter* dem Vorhang zu stehen?«

»Lisa, wir kehren nicht zurück zu bereits Besprochenem. Mein Körper mag schwach und gebrechlich sein. Aber ich habe nicht vergessen, dass du das letzte Kapitel ohne eine Antwort geschlossen hast. Einzig dein Stil rechtfertigt dein Verhalten. Darauf *werde* ich zurückkommen, du hast mein Wort. Und du kommst zu spät mit dem Titel. Unsere *Atmosphärenplauderei* geht zu Ende.«

Ich zucke zusammen, wie vor einer Klinge, und bin überzeugt, dass unser Gespräch beendet ist. »Verspielt! Ich habe verspielt. Wie –«

Der Lektor hebt sich mühevoll aus seinem Sitz, als Alice den Raum betritt. »Kann ich helfen?«, fragt sie, ohne mich anzusehen. Ich erwarte die Müdigkeit, will gähnen, aber es klappt nicht.

ES IST VORBEI.
DAS ENDE BEGINNT.

»Herr Lektor!«, platzt es aus mir heraus. »Brechen wir nicht ab! Bitte. Es sind so viele Fragen offen, die ich mit Ihnen besprechen möchte.

Ich habe so lang gewartet.«

Der Lektor bleibt eisern, blickt durchs Fenster und spricht kein Wort mehr.

»Das Ende des Kapitels ist perfekt!«

22

DAS ENDE DER TAGE

»Wenn mich das Königspaar in diesem Aufzug erblickt, werden sie nicht erfreut sein. Wir sollten uns eine gute Geschichte überlegen, warum meine neue Uniform aus Tischdecken besteht.«

»Sei auf der Hut vor dem Hünen und vergiss deine Uniform. Du wirst bis zu unserer Abreise irgendwo eine neue ergattern. Wie würdest du dich an seiner Stelle verhalten?«

»Blick in den Abendhimmel, Marzi, und schenk der Sandwüste sowie allen noch lebenden Kreaturen keine Beachtung. Wenn die Hühner uns töten wollen, werden sie nichts unversucht lassen, ihr Ziel zu erreichen. Halte die Waffe im Anschlag und schieß gegebenenfalls. Mehr können wir nicht tun.«

»Ich frage mich, wie es in seinem Innersten aussieht. Herr Flanell verbrachte sein ganzes Leben im Untergrund. Er muss überwältigt sein, die Erde plötzlich als freier Mann zu betrachten. Und dann so!«

»Wenn ihn bloß Triebe und Urinstinkte lenken wie die Hühner, dringt das veränderte Landschaftsbild nicht in das Bewusstsein des Hünen und er folgt allein seinem Wesen. Den Bauch vollgeschlagen hat er sich bereits und um seine Sicherheit braucht er sich in Freiheit naturgemäß nicht zu sorgen. Natürliche Feinde kennt er nicht, und ob ihm der Anblick einer Waffe wirklich Angst einjagt – Ich würde dafür nicht meine Hände ins Feuer legen. Wenn er unseren

Rennhühnern die Freiheit schenkte, steigt er vielleicht in deren Gunst und wir sollten andenken, die sofortige Abreise zu organisieren. Wer weiß, wozu der Hüne und die Hühner zusammen fähig sind?«

Ich überlege. »Wir entgehen damit gleichzeitig der Ankunft des Mutterhuhns. Das würde mich entspannen. Wieso bist du darauf nicht früher gekommen?«

»Ganz einfach: Weil sich der Hüne bis vor kurzem in Gefangenschaft befand und das Bühnengitter und der Theatersaal noch nicht zerstört waren. Und weil es ein aussichtsloses Unterfangen darstellt, das Königspaar von irgendeinem abstrusen Gedanken abzubringen. Sie werden uns mit Messern und Gabeln bewerfen und Stockhiebe verteilen, dass es uns dabei vergeht.«

»Und wenn wir mit ihnen reinen Tisch machen?«

»Dann sind wir tot.«

Es lähmt, nach jahrzehntelangem Dienen niemals die Achtung erlangt zu haben, dem Königspaar einen vernünftigen Gedanken einpflanzen zu können. Sie sind resistent dagegen. Ich blicke in die Ferne und erkenne nichts außer Felsen und umherwirbelndes Gestrüpp. Am Horizont schwindet das Tageslicht. »Was tun wir jetzt?«

»Gehen wir weiter und sehen, was geschieht. Ich dachte auch, uns bliebe noch mehr Zeit. Aber seien wir froh, dann sieht uns das Huhn nicht mehr so leicht. Es verfolgt uns seit unserem Aufbruch vom Theater. Es muss ein *Spähhuhn* sein.«

»Bist du dir sicher? Wo ist es?«

»Links hinter dem wuchtigen Felsen. Starr nicht direkt hin, es soll nicht wissen, dass wir wissen, dass es uns auf den Fersen ist.«

Ich blicke zurück und erhasche gerade noch, wie der Kopf des Huhns hinter dem Felsen verschwindet. »Warum glaubst du, dass es sich um ein Spähhuhn handelt?«

»Weil es überaus gekonnt seine Deckung wahrt. Unsere Rennhühner haben sich angepasst und scheuen keinen Kontakt. Sie könnten sich nicht zurückhalten, würden sie Böses im Schilde führen.«

»Die Rennhühner haben seit ihrer Zähmung vor geraumer Zeit alles getan, was wir von ihnen verlangt haben. Abgesehen von den Schlagbohrhühnern haben sich keine einen freien, kritischen Willen erhalten. Deren Denkvermögen ist zum Glück zu beschränkt, um sich in kalkulierter Zurückhaltung üben zu können. Sie würden ihre Wut auf uns gnadenlos ausleben. Niemals aber würden die Rennhühner derart verroht auftreten.«

»...«

»Narbenbär? Denkst du ernsthaft, die Hühner hegen Vergeltungspläne? Ein zerbröckelter Wille fügt sich nicht durch eine spontane Befreiungsaktion wieder zusammen. Sie bräuchten Wochen oder Monate, um sich zu organisieren und entschlossen gegen die Königsfamilie und die Vor-Herrschaft vorzugehen. Im Kern wäre der Wille der Hühner nach wie vor gebrochen. Bloß ein paar Schreck-Raketen und sie ergriffen panisch die Flucht. Es bräuchte Generationen, um zu ihren alten Kräften zurückzufinden. Sie wiederzuentdecken, anzufachen und weiterzuentwickeln, um schlussendlich ein Verhalten an den Tag zu legen, das dem der ersten *Importhühner* gliche. Die *Ur-Hühner* waren wahre Glanzexemplare. Unbeugsam und durchsetzt vom Widerwillen gegen unser Bestreben, sie zu unterwerfen. Erinnerst du dich noch an sie?

DIE BRACHIALHÜHNER.

Nahezu sämtliche heute lebenden Hühner sind außerstande, ohne Befehle und scharfe Kommandos autark zu existieren. Wenn das Königspaar die Tore der Zuchtstation und des Schlachthofs aufschließen lässt, begreifen sie nicht einmal, dass jenseits der Tore die Freiheit wartet. Stattdessen harren sie wohl vor Ort aus und sterben den Hungertod. Der Hüne hingegen weiß nun, wie sich die Freiheit anfühlt. Es könnte ihm gelingen, die Hühner zu überzeugen, dass es sich lohnt, dafür zu kämpfen. Oder vielleicht erkennen sie die Qualitäten des Hünen und lassen ihm keine andere Wahl, als sich mit ihnen zu verbünden. Alles ist möglich!«

»Möglicherweise ist es das Schicksal des Hünen, die Hühner über Nacht auf die alten Pfade zurückzuführen. Sie würden sich grandios ergänzen.«

»Die Vorstellung bereitet mir Kummer, Narbenbär. Wenn diese Giganten geeint gegen uns auftreten würden, ginge der letzte Rest der Menschheit zugrunde. Wir könnten seit Monaten im All sein! Stattdessen flieht der Hüne am allerletzten Tag seiner Gefangenschaft – dank unserer Hilfe – und stiftet Unruhe. Die Mittelschicht auszurotten war von Anfang an ein Schwachsinn! Eine Leiche *musste* Schwierigkeiten bereiten.«

Der Narbenbär ignoriert mich, dreht sich um und schießt plötzlich mehrere Male in Richtung des Felsen.

»Es wird die Hühner aufbringen, wenn du ihren Vorposten auslöschst.«

»Oder verhindern, dass das Spähhuhn Informationen über uns weiterträgt. Wie man es sieht, Marzi. Noch sind die Tore des Schlachthofes und der Zuchtstation wahrscheinlich geschlossen, aber der Hüne könnte sie jeden Augenblick öffnen. Wir wissen es nicht.«

»Wir müssen zum Königspaar.«

»Wir können uns den Weg sparen.«

»Was? Wie meinst du das?«

»Bist du blind, Marzi? Die Königsfamilie hebt soeben ohne uns ab.«

»Niemals!!!« In der Ferne sehe ich die Raumstation und das Raumschiff, das aus allen Triebwerken Feuer speit. »Narbenbär!«

»Sprich jetzt kein Wort mehr. Kein Wort. Oder du bist tot.«

Ich betrachte ihn und sehe, wie es in seinem Gesicht arbeitet. Tränen des Zorns tropfen von seinem Kinn und verlieren sich im Sand. Stumm richtet er die Waffe auf das Raumschiff und feuert das Magazin leer.

»Lass das, lass gut sein, bald brauchen wir jede Patrone!«

Wie in Trance dreht sich der Narbenbär um, zielt auf mich und –

23

PUPPENGELÄCHTER

Beim Betreten des Theaters halte ich Ausschau nach den Vor-Herren, die anzutreffen ich eigentlich erwartet habe. »Wo finde ich den Oberkommandoführer?« Es herrscht bedrückende Stille. Ich blicke mich um und durch die prunkvollen, übermächtigen Steinsäulen auf das Tor zum Theatersaal, als von der Seite jemand zu mir spricht.

»Sie werden Ihren Entschluss, hier aufzukreuzen, bereuen.«

Ich erkenne den Oberkommandoführer, der neben einer Fackel an der Wand lehnt und, Tabak rauchend, meine Ankunft erwartet. »Oder sind Sie inzwischen über alle Details informiert?«

»Das Königspaar hat mehrmals einen Hünen erwähnt und das Wort Porzellangeschichte fallen gelassen. Berichte mir von ihren Vorhaben; unverblümt. Mit diesen Verrückten lässt sich zu meinem Bedauern kein normales Wort wechseln.

Ich weiß, dass ein Fluchtversuch nicht von Erfolg gekrönt wäre.«

»Lassen Sie sich zuerst festnehmen.«

Eine eigentümliche Beklemmung befällt mich beim Gedanken an meine Festnahme. Jeden Moment werde ich dem Oberkommandoführer meine Hände reichen, um sie mir binden zu lassen.

Welch hartes Schicksal erwartet mich?

Als mich jener ominöse Brief erreichte, ahnte ein winziger Teil in mir, dass mein weiterer Weg vom Königspaar bestimmt werden sollte. »Was haben Sepp und Herta vor?«

»Reichen Sie mir Ihre Hände – ohne Widerrede.«

ES IST VORBEI.
DAS ENDE BEGINNT.

Beunruhigt schließe ich meine Augen und strecke dem Oberkommandoführer die Arme entgegen. In dem Moment fühle und begreife ich, dass es die falsche Entscheidung war, hierherzukommen. »Welche Aufgabe erwartet mich in Gefangenschaft?«

»Zwickt der Gurt?«

Diffus nehme ich das harte Leder auf meinen Handgelenken wahr und verneine. »Du trägst eine Waffe. Eigentlich können wir uns den Gurt schenken.«

»Nicht, wenn Sie erpicht darauf sind, zu erfahren, was Sie hinter der Hochsicherheitstür erwartet.«

Ich blicke in einen geschwungenen Gang und stelle mir an dessen Ende das Eintrittstor zu meiner Hölle vor. »Sehe ich so brandgefährlich aus, dass es eine Hochsicherheitstür sein muss?«

»Um Sie macht sich das Königspaar keine großen Sorgen. Den Hünen gilt es, sicher hinter Schloss und Riegel zu halten, deswegen die Hochsicherheitstür und das robuste Gitter auf der Bühne. Niemand weiß, wie groß und kräftig er eines Tages wird. Niemand weiß irgendetwas über dieses sonderbare Wesen. Ein solches Maß an Ungewissheit erfordert besondere Vorkehrungen.«

»Sprich weiter. Wie gelangte der Hüne in den Besitz des Königspaars?«

Der Oberkommandoführer bläst ein letztes Mal den Rauch aus und schnippt den glühenden Stummel auf den Boden. »Darüber spekulieren viele. Ich bin überzeugt, Sie werden Zeit für Gespräche mit dem Hünen finden. Und wenn Sie dafür auf etwas Schlaf verzichten müssen, soll Sie das nicht davon abhalten, den Hünen im Laufe der Zeit besser kennenzulernen.«

»Was vollzieht sich hinter der Hochsicherheitstür? Und wieso ein Bühnengitter? Gehört die Bühne zur *Gefangenenzone*? Das Gefängnis liegt doch wohl nicht unter Tage. Ich brauche Sonnenlicht.«

»Gewöhnen Sie sich daran. Sie werden lange Zeit kein Sonnenlicht zu Gesicht bekommen.«

»Geht es durch dieses Tor zum Theatersaal?«

»Nein, zur Königsloge. Den Zutritt zu dieser gestattet das Königspaar ausschließlich sich selbst.«

»Wenn ich aufmerksam zwischen den Zeilen mitgelesen habe, blicke ich keinen *schönen* Zeiten entgegen. Was hindert dich also daran, mir ein einziges Mal den Blick von der Königsloge auf das Bühnengitter zu gewähren? Sepp und Herta werden davon nie ein Wort erfahren. Schau her: Du hast mich bereits außer Gefecht gesetzt.« Mit offenem Blick zeige ich dem Oberkommandoführer meine Fesseln und bin sicher, in seinen Augen ein Körnchen Mitleid zu entdecken. »Es tut dir leid, mich gefangen zu nehmen, was bin ich nur für ein Glückspilz! Komm, werfen wir zusammen einen Blick in die Königsloge. Die Königin brät dem König soeben eins über. Es besteht keine Gefahr, dass sie in den nächsten Minuten antanzen.«

»Dann gehen Sie voran, Schoasch, aber nutzen Sie die Zeit für sich. Ich warte draußen auf Sie.

Ich sage Ihnen etwas, und das ist die ungeschminkte Wahrheit. Mit keiner Faser meines Körpers beneide ich Sie um Ihre Gefangenschaft und die Aufgaben, vor denen Sie stehen. Aber auf uns kommen ebenso lichtlose Zeiten zu und so mancher Vor-Herr wird sich noch in seinem Innersten danach sehnen, zurückgezogen und in aller Bescheidenheit *Porzellanpuppen* kreieren zu dürfen. Denken Sie an meine Worte, wenn Sie meinen, Ihre Lage sei unerträglich.«

»Ich nehme an, der Krieg nimmt seinen Lauf?«

Der Oberkommandoführer schließt das Tor zur Königsloge auf und lässt mich eintreten. »Ich warte hier. Nehmen Sie sich die Zeit, die Sie brauchen.«

Es ist etwas Anderes, hinter einen Vorhang zu treten, als hinter Gitter. Die Erscheinung dieser Bühne ist sagenumwoben und dramatisch. Unmöglich, irgendwo hinzublicken, ohne von den Gitterstäben erdrückt zu werden. Ich fühle ihr Gewicht, ihren ungeheuren Einfluss auf mein Leben. Was war der Auslöser, dass das Königspaar im *Stadt-Theater* an der Bühne ein derartiges Gitter anfertigen ließ? Wen möchten sie dahinter wirklich im Zaum halten? Was soll auf der Bühne dargeboten werden? Puppenschauen? »Sie werden an diesem Ort ungehemmt ihren Perversionen frönen.«

»Schoasch.«

»Wie schlimm wird es?«

»Verlassen Sie jetzt bitte die Loge.«

»Das Königspaar wird die Geschichte weitertreiben und nach der Unterschicht nun der Mittelschicht den Hals abdrehen, ist es so? Verrate mir die Wahrheit. Ich muss es erfahren, sonst werde ich während meiner Gefangenschaft keinen Finger krumm machen. Weil ich nicht weiß, was ich zu tun habe.«

»Gehen Sie hier entlang«, sagt der Oberkommandoführer und drängt mich, nicht grob, aber bestimmt in den breiten, geschwungenen Gang Richtung Hölleneingang. »Wie erging es Ihnen damals beim Betrachten der Leichen der Unterschicht? Wie fühlte es sich an, zuzusehen, wie diese Menschen jämmerlich zugrunde gingen?«

»Ich erinnere mich: Es war kalt und stürmisch, in den Straßen roch es nach Tod. Ich war hingerissen und angewidert zugleich, letztendlich aber erleichtert, dass die Geschichte ein Ende nahm und die Unterschicht von der Bildfläche der Erde verschwand. Es zehrte aus, ihren langwierigen Untergang mitverfolgen zu müssen. Herta war an jenem absurden Abend im Restaurant ähnlicher Meinung und Sepp hatte rechtzeitig begonnen, auf das Datum des Aussterbens der Unterschicht Wetten zu platzieren. Das ewige Korrigieren des errechneten Tages ließ die Siegesquoten über Monate auf Berg- und Talfahrt gehen und ermöglichte es ihm, ein Riesenbündel Wettscheine anzuhäufen. Er konnte in Wahrheit nicht mehr verlieren und im Restaurant unbekümmert große Sprüche klopfen.«

»...«

»Es dreht sich also um die Mittelschicht.«

»Korrekt. Und jede einzelne Leiche wird bei Ihnen und dem Hünen landen. Wie Sie die Arbeit untereinander aufteilen, überlässt man Ihnen. Wenn Sie meinen Rat hören wollen: Biegen Sie sich den Hünen zurecht. Andernfalls werden Sie im Untergrund vergehen.«

»Denkst du, der Hüne lässt sich so einfach manipulieren?«

»Wenn die Informationen, die mir vorliegen, stimmen, ist der Hüne im Alter eines Kleinkindes und mit dem Verstand eines Neugeborenen ausgestattet. Wenn Sie Glück haben, vergrößert sich sein geistiger Horizont nicht und Sie können ihn mühelos unterjochen.«

»Von welcher Statur ist er derzeit? Hast du ihn mit eigenen Augen gesehen? Es ist unvorstellbar für mich, mein weiteres Dasein in Gefangenschaft mit einem Hünen zu fristen. Ich werde ihn jeder Möglichkeit berauben, sich frei zu entfalten, so viel steht fest.« An der Wand zwischen zwei Fackeln stechen aus einem Gemälde die Augen und das hinterfotzige Lachen des Königspaars hervor. »Sepp und Herta heben ab. Sie verlieren den Verstand und den Bezug zur Realität der *einfachen* Leute. Der Hüne und ich werden zu ihren verlängerten Armen gemacht. Zur Müllabfuhr, die die Spuren ihres absoluten Größenwahns beseitigt. Mir fehlen die Worte. Warum bin ich hierhergekommen?«

»Diese Frage können Sie nur mit sich klären.«

Angeekelt wende ich mich von dem Bild ab und sehe weitere Porträts, stets stilgetreu zwischen zwei Fackeln angebracht. Eines bedrohlicher als das andere. »Auf diesem strahlen sie förmlich, sieh hin! Es widert mich an.«

»Niemand blickt zurzeit ohne Bedenken in die Gesichter des Königspaars.«

»Hast du diese Entwicklungen kommen sehen? Ich nicht. Blindheit hat mich befallen nach dem Zerfall der Unterschicht. Anders kann ich es mir nicht erklären.

Ich erinnere mich an meinen Marsch zum Restaurant an besagtem Abend, an die Menschenkadaver und die wenigen Überlebenden, die sich in Dunstwolken im Dreck auf der Straße um essbare Stücke stritten. Sich selbst zu verzehren wurde für die letzten ihrer Art zur Notwendigkeit, um noch Tage, vielleicht wenige Wochen zu überstehen, ehe auch sie dahingerafft wurden. Ich fand es surreal und faszinierend, diesem unrühmlichen Verfall einer Spezies hautnah beizuwohnen. Ich weiß noch, dass ich vor dem Betreten des Restaurants ein Foto von diesen verwahrlosten Gestalten schoss. Es ist leider verloren gegangen. Wahrscheinlich ist es besser so.«

»In etwas anderer Weise werden Sie künftig ein besonderes Naheverhältnis zu den Individuen der Mittelschicht aufbauen. Das Königspaar meint, Sie verstehen etwas von Kunst, oder zumindest, dass Sie die Gabe besitzen, sich durch diese hervorragend auszudrücken.«

»Ich maße mir nicht an, das von mir zu behaupten.«

»Es wird jedenfalls seine Gründe haben, dass das Königspaar ausgerechnet auf Sie zurückgreift. Standen Sie in Ihrem Leben jemals auf einer Bühne, Schoasch? Verstehen Sie etwas vom Theater?«

»In meiner Kindheit besuchte ich an den Adventtagen ausgewählte Märchenvorstellungen. Genügt das für die Verrichtung der mir zugedachten Dienste?«

»Die Zeit wird es offenbaren. Ich für mich bin jedenfalls gespannt auf Ihre ersten Arbeiten und wie Sie sich generell als Gefangener bewähren. Lachen Sie gerne oder sehen Menschen mit Genuss beim Lachen zu? Das würde Ihnen helfen, jedem Puppenlachen Authentizität zu verleihen.

Begreifen Sie allmählich, was Ihnen blüht?«

»Die Leichen werden mir bei der Puppenkreation als Vorlagen dienen, das ist bei mir angekommen. Aber weswegen sollen die Puppen lachen? Ist es eine reine Provokation, oder stellt es eine skurrile Form der Selbstbefriedigung dar, Puppen von Toten mit einem Lachen tanzen zu lassen?«

»Derlei intime Fragen stellen Sie dem Königspaar am besten persönlich. Sie werden Sie vollständig instruieren, sobald sie ihren Streit beigelegt haben und im Theatersaal erscheinen.«

»Ist der Hüne bereits da?«

»Nein.«

»Wie weit erstreckt sich das Gefängnis in den Untergrund?«

»Weit. Das Königspaar hat eine Porzellanmanufaktur einrichten lassen, die Sie überwältigen wird.«

»Und du zeigst sie mir nun?«

»Meine Aufgabe ist es, Sie gefangen zu nehmen. Wie Sie sich an Ihren neuen Lebensmittelpunkt gewöhnen und dort zurechtfinden, bleibt Ihnen überlassen. Lernen Sie rasch, die Maschinen und Werkzeuge zu bedienen und schwingen Sie gekonnt die Pinsel. Die ersten Leichen werden nicht lange auf sich warten lassen. Der Porzellanvorrat deckt einige Zeit ab und die Bedienung des Ofens ist simpel. Sie können sich sozusagen unmittelbar kreativ entfalten.«

Ich erblicke die Hochsicherheitstür und blankes Entsetzen befällt mich. Ein nimmersatter, dunkler Schlund erscheint vor meinem geistigen Auge, in den Herta und Sepp mit Riesenschaufeln immerfort Leichen hineinschütten. Immer wieder blicken sie sich nervös um, um nicht entdeckt zu werden, und bedienen dann einen Hebel, der den Schlund zum Hinunterschlucken zwingt. Ich schmecke den Gestank des *Schlund-Atems* auf meiner Zunge und über meine Haut streicht die Eiseskälte, die die toten Körper ausstrahlen. Trifft dieses Bild zu? Werde ich die Rolle des Schurken besetzen, der tief im Höllenschlund steckt und stupide Leichen beseitigt? Der Kunstwerke erschafft? Wie können sie das von mir verlangen? Panik entfaltet sich in mir, als ich die Schlüssel in den Händen des Oberkommandoführers rasseln höre. »Es geht nicht! Ich kann nicht!« Ohne nachzudenken, jage ich den Gang zurück um mein Leben. Für meine Freiheit!

»Schoasch, Sie Mistkerl!« Ein Schuss streift mich und zwingt mich zur Besinnung.

»Es ging nicht anders, ich musste es tun«, sage ich schwermütig. »Ich hätte es mir nie verziehen, nicht wenigstens *einen* kleinen Fluchtversuch gewagt zu haben.«

»Ich verstehe Sie. Die Sehnsucht nach der Kugel, die Sie verfehlt hat, wird Sie in Stücke reißen.«

Wälder erscheinen in meinem Geist. Seen, an deren Ufern ich meine Beine in das Wasser tauchen möchte. Farne gedeihen tausendfach und Fische naschen kühn an meinen Zehen. Sie kitzeln mich. Ich ziehe die Beine aus dem Wasser heraus und blicke genussvoll der *Sonne* entgegen. Eine unheimliche Verbundenheit ergreift mich zu meinem Heimatstern und verursacht eine vollkommene Unfähigkeit, die offenstehende Hochsicherheitstür zu begreifen. »Ich glaube es nicht. Es ist nicht wahr«, höre ich mich und schreite wie ferngesteuert in mein neues Reich – mein Dämonenreich.

»Bleiben Sie standhaft, Schoasch, machen Sie es gut. Halten Sie sich in den ersten Stunden im Bühnenbereich auf. Das Königspaar wird Ihnen alles Wichtige übermitteln und sich dann nicht weiter mit Ihnen herumplagen. Im Anschluss legen Sie los und zeigen, dass Sie über das Talent verfügen, das Königspaar mit Ihren Puppen zu verzaubern. Geben Sie sich Mühe und Sie werden eines Tages – mit etwas Glück – Ihre Freiheit wiedererlangen. Ich werde zusehen, wenigstens in den Besitz *einer* Ihrer Puppen zu gelangen.«

»Achte darauf, dass es eine der ersten Puppen ist. Sie werden diese unglückselige Geschichte in Gang setzen und später unbezahlbar sein. Ansonsten tu, was du tun musst.

TÖTET DIE MITTELSCHICHT.
ICH VERARBEITE SIE ZU KUNST.

Was für eine Aussicht!

Wann bringt ihr mir den Hünen? Ich rate euch, ihn bald anzuschleppen. Es bedarf dringend einer Aussprache mit ihm.«

Der Oberkommandoführer spricht kein Wort mehr, befreit mich von den Gurten und entlässt mich in meine Gefangenschaft. Die Hochsicherheitstür fällt endgültig ins Schloss und ich starre auf Fackellicht und Lehm.

Soeben noch stand ich dort oben und blickte hinab auf die Stelle, an der ich nun stehe. Von hier erkenne ich mein *Ich* in der Königsloge. Mein Ich auf der Seite der Freiheit, die so fern scheint, dass ich mich nicht entsinne, wie ich sie verloren habe. Brachte ich mich um meine Freiheit oder wurde sie mir genommen? Ich reichte dem Oberkommandoführer meine Hände wie ein Kind. »Lerne damit umzugehen. Auch wenn dir diese Prüfung schwerfallen mag.« Aufgeregt betaste und umschlinge ich mit meinen Fingern das massive Bühnengitter und frage mich, ob ich die permanente Anwesenheit von Leichen ertragen werde. Wie wird es sich anfühlen, diese ankommen zu sehen und mich gleichzeitig konzentriert künstlerisch betätigen zu müssen? Wird das Königspaar über die Puppen urteilen? Werden den Leichen Gliedmaßen fehlen? Werde ich sie anfassen müssen? Ich werde dem Hünen die Drecksarbeit überlassen und mein Augenmerk ausnahmslos auf die Puppenproduktion richten. Wenn er so minderbemittelt ist, wie der Oberkommandoführer sagt, wird der Hüne niemals imstande sein, die Bedeutung seines Wirkens auch nur im Entferntesten zu überschauen. Unsinnig, ihn mühsam in kreativem Gestalten zu unterweisen. Die Beschäftigung mit den Leichen muss ihm in Fleisch und Blut übergehen und schlussendlich als völlig normale Tätigkeit erscheinen. Auf diese Weise brauche ich mich nicht damit auseinandersetzen und kann mich ganz dem reizvollen Aspekt meiner Gefangenschaft widmen.

Ein unbekanntes Handwerk auszuprobieren, übt seit Kindestagen einen Reiz auf mich aus und mich einem solchen Handwerk *ausschließlich* widmen zu dürfen, einen noch stärkeren.

Ich betrachte die Logen und stelle mir den mit Federn geschmückten Oberkommandoführer vor, wie er den geschwungenen Gang entlangschreitet und sich auf die Fortsetzung des Krieges einschwört. Befriedigt ihn seine Tätigkeit? Wird es Bomben regnen? Werden Städte vernichtet? Ganze Länder und Landstriche? Wird die Natur die Zerstörung überdauern? Wie dramatisch wird sich die Lage auf der Erde zuspitzen, wenn das Königspaar Fahrt aufnimmt? Werden sie noch Skrupel kennen? Die Mittelschicht wird dem Königspaar und der Vor-Herrschaft nichts entgegenzusetzen haben außer Tränen und verbittertem Geschrei. Dienen ihnen zudem die Hühner eines Tages bei ihren Feldzügen, sinken die Überlebenschancen sämtlicher Individuen weiter und das Königspaar könnte seinen Sieg schneller erringen, als ich anfangs dachte. Darf ich mir wünschen, dass das Königspaar ehestmöglich seine Ziele erreicht, damit ich meine Freiheit rasch wiedererlange? Verfüge ich in meinem Wirkkreis über Möglichkeiten, das Königspaar von seinen Wahnsinnstaten abzuhalten? Es zur Vernunft zu bringen? »Dann täte ich, was dafür notwendig wäre.« Lässt sich ein außer Rande geratenes Königspaar durch läppische Worte von seinem Kurs abbringen, die Erde und alles Leben auszulöschen? Wie mächtig sind doch Worte gegenüber der fatalen Durchschlagskraft von Königsbomben? Bewirken Worte noch etwas, oder ist unser Planet hoffnungslos verloren? Ich starre auf meine Handgelenke und die Spuren meiner Fesselung. Sie bezeugen mein künftiges Dasein im Fackellicht und ... Wer weiß, was noch? Angespannt verlasse ich die Bühne und folge den Fackeln entlang des Weges.

»Wer oder was hat dieses Stollensystem ausgehöhlt? Und in welcher Zeit?« Mit der flachen Hand streife ich im Vorbeigehen über die kalten Lehmwände und fühle eine unerträgliche Beklommenheit in mir aufsteigen. Mein Verlangen umzukehren wächst und wächst mit jedem Schritt und stemmt sich gegen die abgründige Realität, die sich vor meinen Augen ausbreitet wie ein dunkles, blutiges Tuch. Was erwartet mich auf meinem Weg und wie viel Lebenszeit wird dieser verschlingen? Aufgewühlt betrete ich den ersten Stollen.

In Schaukelstühlen sitzen der Hüne, die letzte Puppe und ich zusammen an einem Tisch im Freien und trinken Ziegenmilch. Strohhüte schützen unsere blassen Stirnen vor dem gleißenden Sonnenlicht. »Es schmeckt köstlich«, befindet Liokobo und ich freue mich, ihn so glücklich zu sehen.

»Du hast sehr hart dafür gearbeitet. Du hast dir dieses Glas Milch verdient. Erinnerst du dich noch, als wir uns kennengelernt haben? Du hast es mir sicher verziehen, dass ich so grob zu dir war.«

»...«

»Hast du dir das Sonnenlicht so vorgestellt?«

Liokobo hebt den Blick zur Sonne und verzieht das Gesicht dabei, so wenig sind seine Augen das grelle Licht gewöhnt.

»Schau niemals direkt in die Sonne, du verletzt sonst deine Augen. Sag mir nur, ob du ihre Wärme gerne auf deiner Haut spürst. Magst du dieses Gefühl? Es ist angenehm, nicht wahr? In meinem Fall ist es lange her, aber du kanntest die Sonne nie. Ich finde keine Worte, um dir zu beschreiben, wie sehr ich während unserer Gefangenschaft ihre zärtlichen Strahlen vermisst habe. Kein Tag, an dem ich mich nicht nach ihr sehnte. Es hat meine Seele am Leben gehalten, die Sonne vielleicht eines Tages wieder zu sehen. Und jetzt sitzen wir zusammen da und genießen sie.«

»Als ganz kleines Kind habe ich die Sonne einmal gesehen.« Liokobo sieht mich nicht an beim Sprechen und blickt lieber den bunten, singenden Vögeln hinterher.

»Tatsächlich? Du kanntest nicht nur die Finsternis? Aber ja, du hast natürlich recht: Es gab noch eine Zeit vor deiner Gefangennahme. Wann und wo hat dich das Königspaar geschnappt? War es lange vor unserer ersten Begegnung im Untergrund? Magst du darüber sprechen? Wir befinden uns in Freiheit und verfügen über alle Zeit der Welt. Ich interessiere mich für deine Geschichte. Ich höre dir zu.« Liokobo nickt, sagt aber nichts. »Wir können uns auch über etwas anderes unterhalten, wenn dir das lieber ist. Du musst mir nicht erzählen, wie dein Leben vor deiner Gefangenschaft ausgesehen hat. Du hast hoffentlich eine Menge schöner Erinnerungen an diese Zeit. Ich freue mich, dass du in deinen ersten Lebenstagen die Sonne erblicken durftest. Du warst bestimmt selig. Wäre meine Erinnerung an sie im Laufe der Jahre verblasst, hätte ich die Gefangenschaft nicht ertragen. Zum Glück überdauerte sie die Jahre unversehrt und ich habe bis zu diesem Augenblick überlebt. Hast du den Anblick der Sonne ebenfalls die ganzen Jahre über in deinem Herzen bewahrt? Liokobo? Erinnerungen sind etwas Magisches, nicht wahr? Dass wir jetzt hier sitzen und auf unsere

Leben zurückblicken, löscht beinahe aus, was wir zusammen erlebt haben.«

»Ich hab das nie gewollt.«

»Wir hatten keine andere Wahl.«

»Warum?«

So gern würde ich ihm eine angemessene Antwort schenken.

»Warum, Schoasch?«

»Ich weiß es nicht. Kannst du mir das glauben?«

Liokobo sieht mich emotionslos an und trinkt die Milch in einem Zug leer. Dann stellt er das Glas ab und hebt wieder den Blick zur Sonne.

»Möchtest du noch ein Glas Milch?«

»Ja – bitte.«

24

DAS GROSSE BOMBARDEMENT

»Wie lange schreibst du schon?
Seit wann du schreibst, möchte ich wissen.
Lisa?«

»Seit ich denken kann.«

Der Lektor hebt an, offensichtlich zu einer Belehrung, nimmt einen Schluck Kaffee, und beginnt dann:

»Unerfahrene Schriftsteller träumen oft vom großen Ruhm und über Nacht muss er eintreten. Sonnenbaden mit Sichtschutz in Luftschlössern, mit betörender Aussicht auf ein Dasein im Blitzlichtgewitter. Ihre freizügige Vorstellung vom Leben des edlen und besinnlichen Handwerks *Schriftstellerei!* Aber haben die Hosen voll, sobald man sie als alter Meister nüchtern nach ihren wahren Zielen befragt. Gleich schrecken sie hoch von den Liegestühlen und schämen sich. Als gehören sie hinter Schloss und Riegel, die Schlösser in ihren eigenen Köpfen. Umgehend hetzen sie die Stufen hinab und stellen sich selbst Fragen und immerfort Fragen, die, wenn Nacht herrscht, auf ihre Herzen drücken. Sintflutartige Fragenergüsse aus den dunklen Wolken drohen herabzustürzen und das Traumland zu überschwemmen. Aber keine Antwort, auch nur auf eine einzige Frage, die sie bis zum finalen Wolkenbruch gefunden haben werden.« Der Lektor blickt durchs Fenster in die aufkeimende Nacht, wo jetzt schnurgerade der Regen fällt. Er trinkt wieder einen Schluck Kaffee, ehe seine tiefsinnige Aufmerksamkeit mir gilt und der achtsame Lektor mich studiert.

Sein Blick ist durchdringend wie eine Schwertklinge, die zahlreiche Schlachten schlug und die er nun, mit alter Kampfroutine, zart durch mein Brustbein stößt. Wo ich verletzbar bin, wie ein Kind, das in einer Winternacht in Lumpen gehüllt am Laternenpfahl auf einen Fremden trifft. Ihm glauben will, es würde alles gut, die Sonne wieder aufgehen nach der Phase der Geduld. Ich fühle mich bloßgestellt trotz aller Schichten dieser Kleider um meinen jungfräulichen Körper, die mich vor intimen Einblicken schützen sollten. Ihre Wirkung ist außer Kraft gesetzt. Weder wärmen sie mich noch halten sie stand seinem Blick und der Beichtschuld, die mir der Lektor auferlegt wie eine feierliche Bürde. Über die ich fortan nachdenken muss. Nachdenken, um mir bewusster zu werden, unter welchen Umständen ich bereit bin, meine Gedanken öffentlich zu verteilen, als wären sie Gaben für Arme und Bedürftige.

Der Lektor: ein Vater, der seinem Kind alle Mühsal ersparen will, es vor Unglück bewahren möchte und es doch gehen lassen muss, damit es lernt, auf eigenen Füßen zu stehen. Doch gibt er ihm die Wurzeln, die ihm Sicherheit und Halt verleihen, auch wenn es sich später wie ein Vogel aufschwingt zu höheren Sphären.

Der Lektor scheint meine Gedanken mitzuverfolgen. Er lächelt, verschmitzt wie ein Junge, und legt einen Scheit Weisheiten nach in den gut ziehenden Kaminofen unseres Gesprächs.

»Sie können noch keine Antworten kennen, das weißt du

längst. Anstelle tatsächlicher Manifestation ihrer Träume in Fleisch und Blut verzehren sie sich innerlich nach ihnen. Bis am Schlossgemäuer die Zeit nagt und die einst prächtige Aussicht, als Traum ungeteilt und in der Wirklichkeit nie gelebt, sich langsam trübt. Bis sie selbst nicht mehr daran glauben, dass ihre Gedanken eines Tages zum eigenen Buch führen können und alles stillsteht. Jetzt sind sie gebrochen. Noch bevor die Aussicht die Möglichkeit erhielt, in die Wirklichkeit zu schlüpfen.« Der Lektor richtet seinen Blick in die dunkle, nasse Ferne.

Erwartet er eine Reaktion? Bin ich eine Schriftstellerin? Die bereit ist für ein Leben im Rampenlicht?

Der Lektor befreit mich aus meinem Gedankenkarussell.

»Zeit meiner bewegten Lebenszeit als öffentlichkeitsscheuer Lektor stand ich knietief im Saft meines eigenen Herzblutes für den Erhalt der Literatur als Juwel und Kleinod geistiger Schöpfungen. Überhaupt für den Erhalt jeder Kunst und den Erhalt – vor allem – der *Menschenwürde* auf unserem Planeten. Mit jedem Atemzug meines Lebens war ich der gehobenen Strenge der Literatur aufrichtig verbunden, ohne ihre sanfte Wortgewalt zu übersehen. Sie birgt so überwältigende Kraft in sich, dass ich nie anders konnte, als hinzuhören und mein Leben der Perlensuche zu verschreiben.

JAHRZEHNTELANG AUF DER SUCHE NACH PERLEN, DIE, VERBORGEN IN MUSCHELN, DARAUF WARTEN, EINES TAGES VON MIR ENTDECKT ZU WERDEN.

Nur ganz wenige Manuskripte, in Bergen, die ich erhielt, waren von solch einer schmackhaften Sorte, dass ich sie nicht oft genug kosten konnte. Deren Inhalte ich verschlang, als handelte es sich um Gourmetgerichte. Gewürzt mit Tiefsinn und spitzfindigem Weitblick. Jedes Werk für sich ein Gaumenschmaus, der alle meine Sinne verwöhnt mit außergewöhnlicher sprachlicher Brillanz. Mehr erhalten, als ursprünglich geordert!

Eine erlesene Handvoll Schriftsteller, die so lebhaft von ihren Träumen erzählen, dass es mich durchzuckt und ich nichts mehr genieße, als mit ihnen zusammen in ihren Schlössern zu überlegen, wie wir diese bestechenden Aussichten vor uns Wirklichkeit werden lassen. Panoramen, die ich mit Schriftstellern aus ganzem Herzen teile und deren Wahrhaftig werden mich später so erfüllt, dass ich es dir nicht beschreiben kann. Diese Menschen eint, dass sie ihre Träume schon zu bescheidenen Anfangszeiten mit ihrem Umfeld teilten, sie dort Anklang fanden und ihre Talente gefördert wurden. Um sie irgendwann dem geheimnisumwitterten Wesen des Genies einen Deut näher rücken zu lassen. Die unermüdlich daran arbeiten, ihr geliebtes Handwerk des Schreibens zu verbessern, um letztendlich der Welt eine Perle schenken zu können.

Ich weiß, dass du heute mit anderen Erwartungen zu mir gekommen bist. Du warst voll jungfräulichem Feuer. Hast dein Manuskript viele Wege gehen lassen, die allesamt zu scheitern drohten. Aber bitte tue dir den Gefallen und vertrau mir. Ich habe dich nicht zu mir geladen, um dir deine hehren Träume zu stehlen wie ein Dieb.

DIE LITERATUR IST MEIN ZEUGE.

Ich habe dich eingeladen, selbst voll Freude und Nervosität vor diesem Augenblick, weil ich vor über einem Jahr in einem Manuskriptstapel eine *Perle* entdeckt habe. Eine Perle, die ich hegen möchte, weil ich spüre, dass sie Zukunft besitzt. Gar außergewöhnlich werden könnte. Eine nahezu perfekte, aber vor allem natürliche Perle, die ihren Wert aus ihrer Einzigartigkeit bezieht. Wer immer sie später tragen wird, weiß es zu schätzen, dass man ihr die Zeit zusprach, die sie brauchte, um so zu werden, wie sie ist.«

Der Lektor schließt langsam das Manuskript und legt schützend seine Hand darauf. »Nimm dir noch ein paar Monate, Lisa, und überarbeite deinen Text gewissenhaft an den Stellen, die wir besprochen haben. Die Idee, die Ankunft des Mutterhuhns mit einem Lektor zu verstricken, der einladende Gespräche führt mit einer aufstrebenden Schriftstellerin, ist hervorragend umgesetzt. Ein altweiser Mann, der nach Kräften versucht, das Feuer im Herzen einer Schriftstellerin zu kontrollieren! Keine Rolle würde besser zu mir passen! Deine Leserinnen und Leser werden es dir danken, wenn du nichts überstürzt.

Lass ihm die Zeit, die er braucht, um jene Kräfte zu entfalten, dich zu überdauern, wenn du eines Tages müde wirst und zurückblickst auf ihn als deinen kräftezehrenden Debütroman.«

»Ein Anfang, auf den ich aufbauen kann. Ich danke Ihnen für Ihre kostbare Unterstützung.«

»Es war mir von Beginn an das größte Vergnügen.«

»Gibt es etwas, das sich noch hinzufügen ließe?«

»Alles und nichts, Lisa! Jedoch *brauchen* tut´s nichts. Lass sein. Erklären wir mit diesen Worten dein Werk für vollendet.«